COLLECTION 1000 SOLEILS

Collection dirigée par Pierre Marchand
et Jean Olivier Héron

PARIS

BOILEAU-NARCEJAC

LE CADAVRE FAIT LE MORT

nrf

ÉDITIONS DE L'AMITIÉ
G.T. RAGEOT

CHAPITRE I

Le cousin Robert était un garçon pittoresque, même aux yeux de François Robion qui, pourtant, ne s'étonnait pas facilement. D'abord, c'était un Robion, lui aussi, par suite d'alliances compliquées, de mariages qui mêlaient des oncles, des cousins, des petites filles, en un puzzle que François se gardait bien d'analyser. De qui Robert tenait-il ses taches de rousseur et ses grandes oreilles ? Le nez, un peu fort et légèrement fendu au bout, façon museau, semblait hérité d'un certain Jusseaume, qui... Halte ! Pas de recherche généalogique. Et d'ailleurs à quoi bon ? Le cousin Robert présentait assez de traits originaux pour s'imposer de lui-même à l'attention. Notamment à ses élèves, car il était professeur au collège de Saint-Vincent-la-Rivière. Il était chargé d'une quatrième et préparait une agrégation de lettres modernes, à Paris. C'est pourquoi il venait très souvent chez les Robion. On lui réservait la chambre d'ami, et François, dès qu'il était libre, prenait le train pour Versailles. Hop !

C'était tout de suite Saint-Vincent-la-Rivière. Un saut de puce. Robert avait trouvé une chambre ravissante, entre le collège et l'abbatiale. Elle ouvrait sur un jardin, un vrai, avec des fleurs et des abeilles. La maison était très ancienne et craquait de partout, quand on marchait vite. Robert prétendait que si l'on provoquait les grincements dans un certain ordre, on pouvait jouer : *J'ai du bon tabac,* mais il avait fermement conseillé à François de se tenir tranquille, parce que la vieille demoiselle qui le logeait et qui habitait en dessous avait l'oreille fine et ne goûtait pas la plaisanterie.

– Tu comprends, disait Robert, je suis un prof, à ses yeux, une espèce de magistrat, si tu préfères. Alors, je dois me surveiller.

Il avait de ces mots délicieux. Déjà, cette chambre était un poème. François, à qui l'on reprochait son désordre et son étourderie, était, en comparaison de son cousin, une sorte de maniaque de la méthode. Robert appartenait à cette catégorie de malchanceux pour qui une pièce carrée n'est faite que d'encoignures, où les choses s'embusquent pour le plaisir. Remettre la main sur ses chaussettes, par exemple, était un exercice plus aléatoire que de traquer des crabes à marée basse. Il réfléchissait à voix haute : « Voyons, si j'étais ma chaussette gauche, où irais-je me cacher pour l'embêter ? » Il ne cherchait pas. Il ne fouillait pas. Il déduisait et François adorait ça. François l'aidait dans ses exercices de concentration. « Tu as corrigé un paquet de rédactions. Oui, elles sont là. Après, tu as rédigé un petit texte pour ton ciné-club. D'accord, le voilà. Et puis je t'ai aidé à... »

La panne ! Ils ne se rappellent plus, ni l'un, ni l'autre. Ils ont déployé le lit-cage, pour François. Ils se sont déshabillés. Mais avant, il s'est passé quelque chose.

– Je sais, s'écrie François. C'était à propos de ton petit orchestre.

– Pas du tout, rectifie Robert. Pendant que je me déshabillais, j'ai pris quelques notes pour ma section de secourisme. J'étais assis au bord de mon divan, donc...

Il a une brusque inspiration, plonge sa main sous les draps, et ramène une chaussette qui se tortille.

« Ah, tu étais là, ma belle, bien au chaud, tout au fond », et changeant de ton, comme s'il dressait un chien-loup : « Au pied, tout de suite ! »

Ce cher vieux cousin Bob ! Pas de danger qu'on s'ennuie avec lui. Le voilà prêt à partir pour son collège. « Fringué mode », comme il dit, car il aime bien parler comme ses élèves. Jean d'un bleu délavé, blouson à demi ouvert, pataugas, car le temps est à la pluie. Ah ! la pipe.

– Tu veux me la bourrer, demande Robert, pendant que je cherche mon portefeuille. Il s'est encore débiné, celui-là.

Enfin il est prêt, et fait le plus sérieusement du monde ses recommandations à son cousin.

– T'occupe pas de la vaisselle. Madame Alice s'en chargera. Je serai de retour à onze heures et on ira déjeuner au snack. Si tu veux bouquiner...

D'un geste large, il embrasse sa chambre. Et, en effet, des bouquins, il y en a partout, des savants, des moins savants, des polars, les uns à même le plancher, les autres à la débandade sur des rayons, le long des murs.

– Dépêche, Robert. Tu vas être en retard.
– Oh ! Ils m'attendront. Ils ont l'habitude.

Ses élèves l'adorent. Il a une manière à lui d'enseigner sur le tas, de saisir la vie à bras-le-corps, partout où elle est en train de s'inventer. Le ciné-club, le secourisme, le rock, les auteurs classiques, tout lui sert pour provoquer la réflexion. Il n'hésite pas à soutenir que Rabelais, de nos jours, ferait le « Paris-Dakar », pour enseigner à Pantagruel l'endurance et l'esprit d'équipe.

Une main sur la porte, il se retourne.

– Si on téléphone pour parler du plan Orsec, tu réponds que je m'en occuperai cet après-midi.
– Qu'est-ce que c'est, ce truc ?
– Je t'expliquerai.

Il part en chantonnant, et François entend qu'il salue au passage sa voisine de palier. « Bonjour, madame Laridois », et la concierge : « Salut, madame Leriche... Ça va t'y ? Allons, tant mieux ! » C'est un don qu'il a et qui a toujours surpris François. A peine se trouve-t-il quelque part, il connaît tout le monde ; tout de suite familier, serrant les mains... « Faut apprendre à faire copain-copain », dit-il. Et, en retour, tout le monde l'appelle : M'sieur Robert.

François, une fois seul, procède à une molle toilette, s'aperçoit que sa brosse à dents perd ses poils et inscrit sur la liste de ses commissions personnelles : « brosse ». Ensuite, après avoir bâillé comme un fauve en cage, il s'installe au bureau, repousse du coude tout ce qui le gêne... pourquoi Robert laisse-t-il les stylos à bille, les règles, les crayons-feutres envahir les alentours du sous-main ? Si encore ils étaient en état de marche...

Les vacances de la Toussaint ont beau être proches, il y a ce devoir de math qu'on ne peut plus remettre à la semaine prochaine et François ouvre livre et cahier. Ça l'embête à un point ! Mais si on l'a confié au cousin Robert, c'est justement pour qu'il travaille sans être constamment dérangé par ses copains. Il dessine une Honda sur un coin de sa feuille, puis une coque de catamaran et soudain le téléphone sonne. Chouette ! C'est toujours ça de gagné. Il attrape l'appareil, sur le coin le plus éloigné du bureau, écoute.

– Allô ?... Ne quittez pas.

Et aussitôt une voix si virile, si richement timbrée qu'elle vous chatouille la poitrine demande :

– Monsieur Robert Robion ?

– Il est absent. Je suis son cousin. Je peux lui transmettre un message.

– Dites-lui qu'il me rappelle... M. Cauchard... C'est au sujet du plan Orsec.

On raccroche. François note : Cauchard. Le plan Orsec, on en parle souvent, à la radio. Mais uniquement à l'occasion de... François s'interroge. De quoi, au juste ? Est-ce que ce n'est pas quand un chef d'État vient à Paris ?... Ou bien peut-être à propos d'un incendie de forêt ? Orsec ! Orsec !... Cette saloperie de nom se met à bourdonner comme une mouche. Qu'est-ce que le triangle ABC a à fricoter avec ORSEC... Et, de nouveau, le téléphone.

– Allô, Monsieur Robert ?

Cette fois, c'est une voix de femme, une secrétaire sans doute, qui ne lui laisse pas le temps de placer un mot.

– Il nous faudrait votre rapport pour demain midi au plus tard.

– Quel rapport ?

– Comment, quel rapport ? Celui sur le plan Orsec, bien sûr.

– Allô, allô...

Trop tard. Elle est partie. Mais qu'est-ce que c'est que ce plan Orsec ? Et en quoi ce machin-là peut-il concerner le cousin ?

François consulte les dictionnaires, fouille dans les papiers. Orsec ! C'est bien la peine d'avoir une mémoire que ses camarades lui envient. Ce nom, il l'a entendu plusieurs fois. Et même, d'habitude, on dit : le plan Orsec a été déclenché. Qu'est-ce qu'on déclenche ? Une machine. Quelque chose qui se met en branle pesamment. Et contre un obstacle. Donc, pas de plan Orsec à l'occasion d'une visite officielle. Mais plutôt pour enrayer un incendie. C'est ça, la bonne piste. Le cousin aurait donc été mêlé à une histoire d'incendie ?

L'impatience gagne le malheureux François. Il descend acheter le journal, parcourt les titres. Rien de bien méchant. Un avion qui s'écrase en Colombie. Un hold-up à Marseille. La vie quotidienne, quoi ! Il s'achète une brosse à dents avant de remonter. Vivement onze heures !

Et voilà le cousin Robert qui revient, à cheval sur une Motobécane pilotée par un de ses élèves. François ferme la fenêtre, pas content du tout. Un peu jaloux même.

– Rien de neuf ? demande Robert. Qu'est-ce que tu as ? Tu n'as pas l'air content.

– Il y a que ton histoire de plan Orsec commence

à me courir. Pas moyen de bosser tranquillement. Ça téléphone sans arrêt.

– Raconte, dit Robert avec gourmandise.

– Eh bien, d'abord, une voix de basse qui postillonne. Je t'assure.

– Je sais. Julien Cauchard.

– Tu dois le rappeler.

– La barbe. Et puis ?

– Et puis une bonne femme qui réclame ton rapport, au plus tard pour demain midi.

– Ouais. Ouais. Si je peux. Et après ?

– C'est tout. Mais tu pourrais peut-être m'expliquer ce que c'est que ce plan Orsec. J'ai l'air de quoi, moi, quand je dois répondre.

Il rit, ce diable de garçon. Il bourre sa pipe, en prenant son temps.

– Tu vas tout savoir, dit-il enfin. Surtout que j'ai besoin de toi. La Croix du Pendu, tu connais ?

– Oui, bien sûr. C'est le coin où il y a toujours une bagnole de bigornée.

– Exact. Mais il faut que tu aies sous les yeux un plan précis.

Robert s'assied au bureau, attrape le premier papier qui lui tombe sous la main.

– Hé, fais gaffe ! gémit François. C'est mon cahier de math.

Mais Robert n'entend plus rien. Il trace un dessin compliqué.

– Ici, dit-il, c'est Saint-Vincent-la-Rivière. Là, c'est l'autoroute. Et là, c'est l'ancienne nationale, en direction de Versailles. Quelqu'un a eu l'idée de faire construire une bretelle – je la représente ici par ce trait – qui relie l'autoroute à la nationale.

Facile de comprendre qu'elle représente un raccourci appréciable et désenclave le bourg, qui, sans elle, aurait tout d'un cul-de-sac. Tous les commerçants ont apprécié. Seulement, ah, seulement, il y a un os. Il a bien fallu respecter la nature du terrain et leur bretelle, vue de haut, ressemble plus à un boomerang qu'à un honnête virage. Elle fait un coude brusque, au pied de la Croix du Pendu, et les jours de pluie ou de brouillard, ça carambole dur, dans le coin. C'est même un point noir célèbre. Tu vois où est le garage Tubœuf ?

– Oui, bien sûr. Un peu avant l'arrêt de l'autobus, à côté du terrain vague.

– Pas si vague que ça, remarque Robert. C'est là où on refoule les épaves, après chaque accident. Ce virage mortel a enrichi Tubœuf. Il rapporte autant qu'un puits de pétrole.

Robert vide sa pipe dans un cendrier-réclame et hausse les épaules.

– Fais pas attention. J'exagère toujours un peu. Non, Tubœuf ne roule pas sur l'or, mais sur la ferraille ; ça rapporte plus que l'agrèg. Tu commences à deviner la suite ?

– Pas très bien.

– Alors, je continue. Je suis allé voir le maire : Auguste Paturel, conseiller général et tout et tout. C'est grâce à lui que la fameuse bretelle a été construite et il y tient. J'ai son fils en classe. Ça facilite les choses. Tu sais ce que je lui ai dit, comme ça, d'homme à homme ?

Le cousin se lève et se met à marcher dans la chambre.

– Je lui ai dit : « Monsieur le maire, avez-vous

pensé à ce qui arrivera forcément un jour de grand départ, pour Noël, par exemple, ou pour le pont du 15 août ?... Eh bien, il se produira une catastrophe en chaîne, voitures contre camions, poids lourds contre autocars. Le piège est prêt. Pas de chemin de dégagement. Juste un médecin et deux pharmaciens à Saint-Vincent. Quelques pompiers bénévoles, qu'il faut aller chercher à bicyclette. Vous ne vous en tirerez pas à moins de cinquante morts... » Ah, mon petit vieux, tu l'aurais vu ! Il s'est appuyé à sa cheminée. Il était verdâtre. Bien entendu, il a essayé de protester :

« – Saint-Vincent n'est tout de même pas la Terre Adélie. Notre matériel d'incendie est assez complet. Il y a le dispensaire, des kinésis.

« Mais il a quand même été obligé de s'asseoir. J'en ai profité :

« – Monsieur le maire, il serait facile de simuler, dans le virage de la Croix du Pendu, un monumental carambolage, à l'aide de carcasses démantibulées que Tubœuf serait ravi de réunir et d'amonceler. Avec votre autorité, vous n'auriez aucun mal à décider les services compétents. Un plan Orsec expérimental serait déclenché et l'on verrait bien, alors, si, en cas de coup dur, tout fonctionnerait efficacement.

« Et pour bien lui enfoncer l'idée dans la tête, j'insistai :

« – Tout, c'est-à-dire la gendarmerie, la Croix-Rouge, l'hébergement, les centres de secours, la préfecture.

« J'ai cru qu'il allait tourner de l'œil. Il a crié :

« – Arrêtez ! Je vous en prie.

« Mais, pendant que j'y étais, je fonçai :

« – Il ne faut pas que la Croix du Pendu devienne un endroit maudit. Rendez-vous compte. La municipalité serait balayée ; il y aurait de nouvelles élections... Ça ne va pas, monsieur le maire ?

« Il se remettait lentement. En un sursaut d'imagination, il venait de se représenter une catastrophe d'ampleur nationale et il en conservait le souffle court.

« – Oui, oui, a-t-il bégayé. Vous avez bien fait de m'ouvrir les yeux. Je vais y réfléchir.

Robert s'arrête devant François et, avec le tuyau de sa pipe, il lui tapote la poitrine.

– Ça, c'était il y a trois semaines. Je n'en ai parlé à personne, mais je surveillais la mairie. Et j'apprends que le maire a conféré avec Tubœuf, et puis avec l'adjudant de gendarmerie, et puis avec un ingénieur des Ponts et Chaussées. J'ai senti qu'il était ferré et qu'il était temps de préparer l'épuisette.

Robert est à ses heures un remarquable pêcheur à la mouche. Il éclate de rire en voyant François suspendu à ses lèvres.

– J'espère que tu en prends et que tu en laisses, dit-il. En réalité, les choses ne se sont pas passées exactement comme ça. Le maire ne m'attendait pas pour s'aviser que son virage était dangereux. Mais mon idée lui a plu tout de suite et il m'a demandé de l'étudier et de lui fournir un rapport. Il n'ignore pas que je prépare un mémoire sur Saint-Vincent et son histoire. D'un autre côté, il manque de personnel. J'ai donc été tout de suite embauché... Allons déjeuner. Ces trucs-là, ça me creuse.

François enfile son anorak et rattrape son cousin au pas de course car celui-ci ne s'occupe pas de savoir si on le suit. Marcher à ses côtés n'est pas non plus très facile. Le snack, encore tout neuf, s'ouvre sur la place du Marché. Robert y est très connu. Il aide François à choisir les plats les meilleurs.

– Ne va pas si vite, bon sang. Orsec, ça signifie quoi ?

– Je te recommande les hors-d'œuvre. Tu verras, ils sont super.

– Enfin, réponds-moi.

Robert jette, par-dessus son épaule :

– « Organisation des secours »... Évite le boudin. Mais le steak est mangeable.

Ils s'installent près d'une fenêtre. François enchaîne aussitôt :

– Et il faut un plan, pour l'organisation des secours ?

– Tu n'as pas idée. Pour m'initier à la question, je me suis servi d'un modèle prêté par la protection civile : un exercice Orsec dans le Cantal. Thème de la manœuvre : un autocar transportant cinquante adolescents et cinq moniteurs d'une colonie de vacances s'écrase au fond d'un ravin, en bordure de la nationale 121. L'accident se produit à 41 kilomètres au nord de Chaudes-Aigues, près de Vantuéjol, tu connais ?

– Vaguement. Par mon copain Paul. C'est un endroit plutôt sauvage.

– Justement. C'est pour ça qu'il faut fournir toutes sortes de renseignements. L'heure, l'état de la route, l'identité des premiers témoins, les indications données à la brigade de gendarmerie. C'est passionnant. Tu dois noter l'arrivée du matériel de premier secours, celle du médecin et de l'ambulance, et ce n'est pas fini. La nouvelle de l'accident fait tache d'huile. Le sous-préfet de Saint-Flour est prévenu, qui prévient le préfet du Cantal, qui met en branle le SAMU de l'hôpital d'Aurillac, qui mobilise les secouristes...

– C'est tout ça, le plan Orsec ?

– Penses-tu ! L'exercice doit être étudié, critiqué, etc. D'où un rapport qui sera remis à tous les participants.

– Et les passagers de l'autocar ?

– Quoi, les passagers de... Ah oui, parfaitement. Eh bien, huit morts, trente-sept blessés, dix indemnes. Il n'est pas mal leur steak, tu ne trouves pas ? Évidemment, il ne se rend pas à la première sommation, mais si tu insistes... Pourquoi rigoles-tu ?

François hausse les épaules.

– Parce que ton truc, dit-il, c'est du bidon. Il n'y a pas de vrais morts. Quelqu'un a simplement décidé que celui-ci était ratatiné, celui-là blessé, cet autre sain et sauf. Au pifomètre, en somme. De A à Z, ton accident, c'est de la frime, il n'a jamais eu lieu. Personne n'a pu fixer avec exactitude le nombre des victimes, puisque l'autocar était vide. Et même y avait-il un autocar ? Qu'est-ce qui empêchait les responsables de dessiner à la craie, sur la route, le contour d'un bus et de prétendre que cela représentait un autocar ?

– Prends ma pomme, dit Robert. Moi, je n'ai plus faim.

François passe de la gaieté à l'indignation.

– C'est du vent, ton plan Orsec ! Tu vois la tête du gendarme qui reçoit le premier coup de téléphone : « Allô, ici la route de Chaudes-Aigues. Un autocar vient de tomber dans le ravin. » Il se marre, ton gendarme. Il est prévenu depuis plusieurs jours. Et je suis sûr que le préfet du Cantal, en se levant, s'est dit : « Ah, c'est vrai. Aujourd'hui, j'ai un autocar en marmelade. Ma journée est fichue. »

– Est-ce que tu deviendrais idiot ? fait Robert. Tu n'as rien compris...

Un barbu se penche et flaire leurs assiettes.

– Mon cousin François, présente Robert.

– Sympa, déclare le barbu. Ne vous dérangez pas.

– C'est le prof de physique, explique Robert, dès que l'autre est loin. Où en étais-je ?

– Tu me traitais d'idiot.

– Ah, parfaitement. (Un petit bonjour, à quelqu'un qui sort.) Tu m'écoutes ? Alors tu n'as pas compris qu'un plan Orsec, c'est d'abord un problème de temps. Combien va-t-il s'écouler de minutes entre l'instant de l'accident et l'arrivée des premiers secours ? Tout est là. Le sort des blessés les plus graves dépend de la rapidité de l'intervention. Une demi-heure en plus ou en moins et c'est la mort ou la vie pour un certain nombre de victimes. Tu piges ?

– Non.

– Tu le fais exprès ou quoi ?

François prend la mouche.

– C'est quoi, ton intervention, hein ? Un jeu. Rien de plus. La police s'amène sur les lieux. Bon.

Elle décide qu'il y a des morts et des blessés. Bon. Et après ? Une vraie intervention, ça supposerait de vrais corps coincés sous de vrais décombres. Il faut que tout paraisse vrai, surtout si c'est du bidon.

– Justement.

– Quoi, justement ?

– Tu veux du café ?

– Je veux que tu m'expliques.

– Est-ce que tu vas enfin fourrer dans ta sacrée tête de bois qu'on opère en vraie grandeur. Dans cette histoire d'autocar, les autorités ont amené sur place une authentique carcasse dans laquelle on a installé d'authentiques blessés, tous volontaires, bien entendu. C'étaient des élèves venus d'écoles voisines. Des figurants, des comparses.

– Pardon, pardon, se rebiffe François. Les victimes, d'habitude, sont de vraies victimes qui gémissent et saignent. Dans ton théâtre, où sont les vraies plaies, les vraies fractures ?

Robert lève les yeux au ciel.

– Seigneur, dit-il, ouvrez-lui l'esprit. Mais enfin, espèce de mule, tu ne comprends donc pas qu'on les maquille, les acteurs, qu'on les arrose d'hémoglobine, qu'on les enterre sous des débris variés, pour que l'expérience se déroule en temps réel. Les secouristes ne savent jamais ce qu'ils vont trouver. Alors, premier travail, déblayer, c'est tout un art. Pas de fausses manœuvres. Il ne s'agit pas de bousculer les membres cassés et en même temps, il faut aller vite. Enfin quoi, tu as déjà vu des scènes semblables à la télé !

– Il y a des chiens, aussi ?

– Pourquoi pas ? Puisque tout est vrai. Les médecins sont là. Ils pansent, ils soignent.

– Et ça hurle ?

– Évidemment. De tous les côtés. Et pas pour le plaisir. Non. Pour obliger ceux qui travaillent à conserver leur sang-froid et à se dépêcher encore plus. Le temps ! Le temps ! On joue la mort contre la montre. A tous les échelons. Il faut improviser un centre de soins dans une grange, dans une école, dans un cinéma. Il faut même un endroit où l'on alignera des cercueils. Ça y est ? Tu réalises ?

– C'est horrible, dis donc.

– Mais indispensable. C'est pourquoi nous aurons bientôt ici notre plan Orsec. Le maire est d'accord. Les démarches vont aboutir un jour ou l'autre. Tu pourras juger par toi-même. J'ai déjà un rôle pour toi !

CHAPITRE II

« Un rôle pour moi », pensa François. Mais il eut beau interroger Robert à de nombreuses reprises, le cousin se montra d'une intransigeante fermeté. Tantôt, il disait : « Tu verras bien », tantôt il se bornait à secouer négativement la tête. Alors François l'attaque autrement.

– Qu'est-ce que tu racontes, dans ton rapport ?

– Eh bien, je détaille toutes les dispositions que je compte prendre pour réunir quelques dizaines de volontaires. Il en faudra de tous les âges, mais surtout des jeunes, qui viendront par le collège et d'abord par ma section de secouristes.

– J'en ferai partie ?

– Peut-être, si ton père est d'accord. Mais je te prie de tenir ta langue. Quand ma cousine te téléphonera, tu n'auras qu'à lui dire : « Oui, tout va bien. Robert me fait travailler. On s'entend bien, tous les deux. » Pas plus. Ajoute, si tu veux, que tu manges bien, que tu dors bien, et pour le reste, boucle-la. Promis ?

– Promis. Mais, bon sang, qu'est-ce que j'aurai à faire, dans ton cirque ?

– Laisse. Ça mûrit.

Il s'absente mystérieusement et François ne cesse de recevoir des appels téléphoniques. Il prend note. Il répond : « Appelez le collège ou bien la mairie, poste 41. »

Décidément, ça bouge de plus en plus. François a épinglé au mur une carte Michelin, qu'il étudie à la loupe. Saint-Vincent est un bourg assez pauvrement desservi. Les voies d'accès sont peu nombreuses. On peut imaginer plusieurs rocades de contournement afin d'isoler la Croix du Pendu, mais que d'embouteillages en perspective. Décidément, il a de l'estomac, le cousin !

François ouvre son transistor et se laisse aller à rêvasser. Ce plan Orsec, à l'échelon du volontaire ratatiné à son volant, cela promet d'être un grand moment de vacances. Après, on se laisse emporter douillettement sur un brancard, et, au poste de secours, on a même droit, sans doute, à un bon coup de remontant. Voilà ! La meilleure place, c'est au volant. On peut se dispenser de gémir. On a été assommé. Il n'y a qu'à se faire tout mou. François, dans son fauteuil, essaye de prendre la position « tout mou ». Facile et reposant.

Quant Robert revient, François l'interpelle.

– J'ai pensé à quelque chose...

– Plus tard. Plus tard. Je suis pressé. Tiens, je t'ai apporté de la documentation. Maintenant, je file à la boîte. J'ai une réunion des responsables.

Mot magique. Robert l'emploie sans cesse. Les responsables de quoi ? De quelle activité farfelue ?

Il est déjà reparti, en épluchant une banane. Il a laissé sur le bureau des feuilles ronéotypées. « Service de secours et de sauvetage du département », l'IDSIS. « Service des soins médicaux et d'entraide », DDASS. Ces sigles bizarres restent intraduisibles. Et la DDE ? Et le STI. Et ce n'est pas tout. Il y a encore le SATER, en cas de catastrophe aérienne. Et le ORSEC RAD (contre la radioactivité), le POLMAR (pollution maritime) et le ORSETOX (produits chimiques)...

François ne va pas plus loin. Il ouvre un petit fascicule : « Conseils aux brancardiers ». Il y a des croquis sommaires : comment soulever le blessé, comment tenir le brancard pour éviter les secousses, comment utiliser le matériel de premiers soins, comment... Ça n'en finit pas, sans parler des pages réservées à la pose d'un garrot, à la respiration artificielle et autre... C'est un monde, le secourisme. Et François admire son cousin qui possède, sans effort, toutes ces connaissances. Il l'admire tellement qu'il s'endort au creux du fauteuil et que Robert est obligé de le secouer.

– Debout, fainéant ! Tu sais l'heure qu'il est ?... Près de six heures. J'ai mon compte. Ah, ce boulot ! Mais enfin j'ai obtenu ce que je voulais, l'organisation des premiers secours. Ça n'a pas été sans mal. Quand tout le monde s'en mêle, ce n'est plus possible.

Il se jette sur son lit et s'étire un bon coup.

– Qui est-ce qui est flapi, hein ?... Le grand Bob. Tu n'as jamais été chien de berger ? Moi, si. Mes vaches se taillent dans tous les coins. C'est moi qui dois les ramener. Chaque service tire de son côté, veut se faire mousser, tout en évitant les responsabilités. Et moi, qu'est-ce que je suis, aux yeux des bureaucrates ? Un enquiquineur de plus qui se mêle de ce qui ne le regarde pas. Heureusement que j'ai le soutien du maire.

Il bâille, ajoute d'une voix fatiguée :

– C'est pour la semaine prochaine.

– Quoi ? Raconte.

– Bourre-moi ma pipe, tiens. Je n'en peux plus de toutes ces parlotes. Pendant qu'on y était, il fallait voir grand. Un truc qui frappe les populations. Or, qu'est-ce qui se passe ? Le projet a été corrigé, tripoté, avancé, reculé, livré aux experts. On le trouvait trop ambitieux, trop cher, et maintenant, qu'est-ce qu'on a ? Un petit projet rabougri, un minable carambolage de quat'sous.

Il bondit sur ses pieds, shoote dans la descente de lit. Il est furieux.

– Tu imagines ? Un malheureux quinze tonnes en travers, deux ou trois bagnoles coincées dessous, un minibus renversé et puis un mélange sans intérêt de berlines, de remorques, cinq ou six motos écrasées là pour le coup d'œil, ah, et puis si, quand même, une caravane à moitié incendiée. Moi, j'aurais vu une bétaillère éventrée et une demi-douzaine de veaux égarés parmi les sauveteurs. C'était ça, la belle idée. Mais tous ces ronds de cuir n'entendent rien à la poésie. Bon, tu m'as compris, c'est un projet salopé.

Il allume sa pipe à petites bouffées pour se calmer les nerfs.

– On ira voir Tubœuf, tout à l'heure, reprend-il. Les débris, c'est lui qui les fournira. J'espère qu'il n'en demandera pas trop cher. Ça lui rapporte, les épaves. Il a une machine qui les aplatit, et ça se paye. Sans parler des amateurs de pièces détachées qui viennent fureter, un radiateur par-ci, un carburateur par-là. Il gagne sur tous les tableaux. Il vend des voitures neuves ; il les récupère amochées.

– Mais tu as dit : la semaine prochaine ?

– Oui, l'expérience aura lieu mardi. Après, c'est la Toussaint. Il faudra libérer la route en vitesse. Allons-y.

Le temps est doux, les flaques commencent à sécher. On entend de loin la rumeur de la rivière en crue. François essaye de se maintenir à la hauteur de son cousin, qui a une allonge terrible et qui parle sans regarder si son compagnon est près de lui.

– Tubœuf est prévenu. Il est d'accord. Il sait que je suis chargé de la mise en scène. A l'heure qu'il est, il doit prendre ses dispositions avec le service des routes pour isoler la Croix du Pendu. Le plus dur, vois-tu, c'est de peaufiner le petit détail qui va au cœur. Tiens, par exemple, les traces de freinage, le goudron labouré, et tout comme ça. Sinon, ça va ressembler à un décor.

Le garage est à l'entrée de Saint-Vincent. Il est fort bien aménagé, quatre pompes, deux couloirs de circulation, la station de gonflage avec son petit bonhomme Bibendum, le bureau, les élévateurs et, sur le côté, l'atelier ; le tout très propre.

Tubœuf regarde approcher les deux cousins. Il est vêtu d'une combinaison, le paquet de Gauloises dans la poche supérieure, plutôt maigre, tout ridé sous sa casquette à longue visière.

– Salut, les gars. Vous venez voir si c'est commencé ? Par ici.

Le parc aux épaves occupe tout un terrain vague, derrière le garage. Il y règne une espèce d'odeur spéciale, la ferraille morte, la bête crevée. Au passage, Tubœuf donne un coup de pied dans une carrosserie qui a perdu ses roues et dont la tôle semble froissée comme une étoffe.

– On l'a amenée ce matin, explique-t-il. Quatre tonneaux et un poteau, pour finir. Alors, le type qui conduisait, hein... Et vous remarquerez : 15 000 bornes au compteur. C'est tout neuf.

– Vous me la mettez de côté, dit Robert. Plus elles sont neuves et plus ça parle.

– Oh, des toutes récentes, dit Tubœuf, ce n'est pas ça qui manque. Cette Peugeot, ça vous irait ? Il y a aussi, là-bas, une Toyota qui n'est pas mal non plus. Tout l'avant aplati. Le type est passé à travers le pare-brise.

Robert apprécie. François est un peu dégoûté. C'est la première fois qu'il visite un cimetière de voitures, et cela représente tant de douleurs et tant de larmes qu'il n'a pas le courage de continuer.

– Je vous attends au bureau, dit-il, d'une petite voix brouillée, tandis que Robert s'exclame :

– Super, le quinze tonnes. Si je comprends bien, il a brûlé.

François n'écoute pas la suite. Il se réfugie dans la cabine vitrée d'où l'on peut surveiller la route. Mais la circulation est déviée, autour de la Croix du Pendu. Est-ce à cause du jour qui s'en va, est-ce l'énervement de l'attente, il n'a plus envie de participer à ce plan Orsec. Il aimerait mieux être à Paris, dans sa chambre, parmi ses livres. Grosse discussion à la maison. Il entend encore son père qui décide :

– Il est temps qu'il apprenne la vie, qu'il se débrouille sans nous avoir tout le temps sur le dos. Notre cousin Robert est exactement le garçon qu'il lui faut. Entreprenant, enthousiaste, et surtout pas livresque. Les pieds sur terre.

« Ah, pour ce qui est des pieds sur terre, pense François, on est servis ! »

Il avise au mur une grande feuille à dessin. « Organigramme du plan Orsec ». Encore un coup de Robert. Il a dû faire afficher un peu partout, chez les commerçants, une feuille analogue, pour que les habitants se familiarisent avec le projet, l'acceptent sans rechigner et même, si possible, y participent. L'organigramme se lit facilement. En haut, l'état-major de crise, le cerveau, et ensuite, de proche en proche, les différents relais ; en somme, une espèce de système nerveux. Tout se passe comme dans un corps vivant. On se pince le doigt dans une porte. Le renseignement douloureux remonte jusqu'à la tête et aussitôt, de la tête à la main, descendent les ordres et les initiatives. François admire. C'est simple. C'est clair. Ça va forcément marcher.

Soudain François a hâte d'entrer en scène. Il déborde de bonne volonté. Et quand Robert revient et annonce : « On commence demain », si Tubœuf n'était pas là, qui le regarde avec curiosité, il crierait : « Youpee ! » comme un gosse.

– Comptons la journée entière, dit Tubœuf. Il ne suffira pas d'entasser n'importe comment. Il faudra que ça ressemble à un vrai carambolage. Je me suis procuré des photos, à la gendarmerie.

Il les extrait d'un classeur et les étale sur le bureau.

– Vous voyez. Il y a toujours un tas principal formé du plus gros obstacle et, en vrac, des accrochages secondaires, des tamponnements au petit bonheur, enfin, c'est une façon de parler. Moi, je vous conseille ce carambolage, près de Lyon. C'est le plus réussi.

Il fait l'article, en toute simplicité, comme s'il était chargé de vendre des catastrophes. Et Robert hoche la tête, compare, avant de se ranger à l'avis du garagiste.

– Mais j'aimerais, ajoute-t-il, que deux ou trois carcasses se chevauchent. Ça donnerait une impression de vitesse brusquement cassée, vous voyez ?

– Ce sera plus cher, remarque Tubœuf, parce qu'il nous faudra la grue des Ponts et Chaussées, mais alors, pendant qu'on y sera, je pourrai vous ajouter un bateau sur sa remorque... Des Anglais qui rentraient d'Antibes.

– Oh, parfait ! dit Robert. Je prends. Tant pis s'il y a un dépassement de crédits... A ce propos, je vous signale que votre devis doit passer par la mairie. Vous pouvez me le montrer ?

Robert étudie le document, un pli de souci au front.

– Vous n'y allez pas avec le dos de la cuillère. A ce prix, je veux que l'on marche sur un tapis de verre écrasé, de bouts de tôle, de morceaux de pare-chocs.

Il se tourne vers François.

– Tu es bien d'accord ? Que ça vaille le coup d'œil, quoi. Pensons aux journalistes, à la télé.

Il tend la main à Tubœuf.

– Bon. Nous serons là à neuf heures.

Il passe son bras sous celui de François.

– Allons dîner. Je t'emmène à l'Hôtel des Voyageurs. Nous avons grand besoin d'une petite bouffe. La patronne est un cordon-bleu.

Lucie Pellegrini accueille le cousin avec de grandes démonstrations d'amitié. Elle l'embrasse à la paysanne, deux fois la joue gauche, une fois la joue droite. « Il est mignon, le petit », dit-elle de François qui n'aime pas beaucoup son exubérance. Les voilà installés confortablement, menu en main.

– Tu croirais qu'elle est italienne, explique Robert. Pas du tout. C'est la sœur de Tubœuf. Elle s'est mariée avec un maçon piémontais, qui est mort l'année dernière. Les Tubœuf sont d'une vieille famille d'ici. Depuis quelques années, on assiste à un brassage de population. Je t'expliquerai. C'est le sujet de mon mémoire. En attendant, je te conseille les rillettes et la fricassée de poulet.

Il y a beaucoup d'agitation autour de la Croix du Pendu. Des officiels, d'abord. Une voiture de la gendarmerie. Un capitaine et un brigadier. Et puis deux Renault des services du département, des fonctionnaires avec leurs attaché-cases ; un journaliste de la *Dépêche de Saint-Vincent,* quelques curieux, et, allant d'un groupe à l'autre, le cousin Robert, souriant, sûr de lui, l'œil à tout comme un metteur en scène. François, intimidé, se tient un peu à l'écart. Il a plu durant la nuit, et un petit vent aigre balaye la butte. Quelques épaves sont en attente, sur le bord de la route. Le tracteur de Tubœuf arrive à petite allure, remorquant, au bout d'un palan, une Citroën pendue par le nez. Un ouvrier le guide, marchant à reculons. Les manœuvres sont lentes et certains spectateurs regardent leur montre. Il faut près de deux heures pour mettre en place le morceau de résistance, le quinze tonnes qui doit tenir écrasée sous lui une Peugeot, tandis qu'une Opel, percutant le double essieu arrière du camion, paraît s'être encastrée sous le châssis. Ça, c'est le fond du tableau, pour faire fouillis, pour blesser l'œil. En second plan, quelques voitures rebiffées les unes contre les autres, leurs capots béants semblant s'ouvrir comme des mâchoires prêtes à mordre. Une Fiat sur le toit. Deux motos enchevêtrées. Au premier plan, le bateau des Anglais, tout blanc, un trou dans sa coque de bois précieux, détail qui fend le cœur. Et puis un magma compliqué de carrosseries béantes et de portières arrachées, le tout reposant sur une couche épaisse de vitres en miettes et de débris variés.

Robert, qui a pris la précaution de se chausser de bottes, achève son chef-d'œuvre, se déplace avec prudence au milieu du désastre, indiquant çà et là des endroits à arranger.

– Ici, crie-t-il, il faut deux ou trois valises et quelques bagages comme ceux qu'on emporte en vacances.

– Un pliant, suggère un des ouvriers.

– D'accord. Et des couvertures... Et là-bas, n'oubliez pas le biberon.

Le capitaine proteste.

– Ce n'est pas pour le plaisir, dit Robert. C'est pour mieux guider les recherches. Quand un des secouristes l'apercevra, il donnera l'alerte. « Le bébé ! Qu'est-ce qu'on a fait du bébé ? » Un rien d'affolement est indispensable.

– Et vous aurez combien de personnel ? demande l'officier.

– Une cinquantaine, hommes et femmes, encadrés par une douzaine de professionnels, secouristes et infirmiers. Moi, mon rôle consiste à aider les recherches, mais d'abord à placer les victimes. On nous a prêté des mannequins, pour figurer les morts coincés dans les tôles que les ouvriers devront découper. Quant à ceux qui jouent le rôle des blessés, ce sont des jeunes pour la plupart, venant de différentes associations sportives.

– Combien aurez-vous de morts ?

– Une quinzaine. C'est ce qu'il faut pour déclencher le plan Orsec. Sinon, on reste dans le petit fait divers. Je me suis longuement renseigné, vous savez.

– Et l'heure H ?

– C'est à onze heures.

– Très juste, acquiesce le gendarme. Les jours de grand départ, c'est un des moments les plus dangereux. Ah ! Voilà votre troupe.

Les figurants arrivent, causant joyeusement. Un brancardier les groupe à quelque distance. Robert s'approche de François.

– Tu grimperas dans le minibus, dit-il. Là, tu seras peinard. Étendu sur la banquette du fond, bien protégé par des sièges renversés, tu auras juste un voisin, par-dessus toi, mais on le glissera au dernier moment. J'avais songé à te placer dans une des bagnoles, mais tu es tellement maladroit et ça va être plein de bouts de ferraille coupants.

– Je vais étouffer, là-dedans...

– Non. Tu respireras par un enfoncement de la caisse. Et même, tu pourras nous apercevoir. Ça te va ? Alors, rejoins les autres.

Il porte un sifflet au cou, comme un arbitre. Il siffle et le silence se fait.

– Rappelez-vous, crie-t-il. A onze heures, l'accident va être découvert par un motard de passage. Il n'a reçu aucune consigne. Il doit se débrouiller. S'il cafouille, tant mieux. Vous, à mon coup de sifflet, vous devez commencer à gémir, à appeler à l'aide. Mais on n'est pas là pour rigoler, c'est vu ?... Maintenant, tout le monde en place. Chacun de vous a des consignes et sait où il doit se tenir. Mais attention. Pas de précipitation. Il y a un peu partout de la tôle qui coupe. Chailloux, tu es prié d'éteindre ta cigarette... Prêts ?... Les grands blessés d'abord.

Vaguement impressionnés, les volontaires, marchant lentement, commencent à rejoindre leur poste, au milieu des carcasses démantibulées. Certains doivent se tortiller pour se loger dans un tout petit espace. D'autres ont pour mission de se laisser pendre, bras ballants, attachés à leur ceinture de sécurité. Il y en a qui restent étalés sur le sol, après avoir été éjectés. Ou bien qui se trouvent à demi enfermés dans une malle arrière affreusement bosselée.

– Vous êtes vraiment efficace, jeune homme, dit le capitaine au cousin.

– Les passagers du minibus, appelle Robert. Allons, pressons.

François est poussé dans le fond, comme un pain qu'on enfourne. Il colle son visage à la déchirure de la carrosserie pour mieux respirer et pour voir la suite. Une partie du spectacle lui échappe mais il aperçoit les mannequins que l'on enfonce sans ménagement dans les interstices prévus pour eux. Peu importe qu'on les déchire un peu. La réalité aurait été pire.

– Corbineau !... Où est Corbineau ?

François reconnaît la voix de Tubœuf.

– Eh bien, où étais-tu passé ?

– J'ai oublié ma place.

– On va vous en trouver une, intervient Robert. Mais faudrait voir à vous grouiller.

Ils disparaissent du créneau où François veille. Nouveau coup de sifflet pour obtenir le silence.

– Tout le monde m'entend ? fait Robert. Bon. On va maintenant vous enduire d'hémoglobine. C'est nécessaire. Vous saignez. Il y aura tout à l'heure des garrots à poser. Alors, laissez-vous peinturlurer.

Sa voix est couverte par un bruit de souliers dans le minibus. Puis François entend des chocs, des frottements. Quelque chose de lourd comprime les sièges sous lesquels il est blotti. Il essaie de protester.

– Y a quelqu'un ?

Et puis, quoi ! Autant prendre son mal en patience. Tout cela est plutôt amusant. Il se tourne vers son créneau. Robert, au centre de la catastrophe, jette autour de lui un dernier coup d'œil. Là-bas, le journaliste prend fébrilement des photos.

– A mon coup de sifflet, lance Robert, on fait un essai pour le bruit. Vous y êtes ?

Roulade du sifflet et aussitôt c'est un chœur

affreux de cris et de gémissements. Une voix éraillée va même jusqu'à pleurer : « A boire ! A boire ! »

– Assez ! crie Robert. Vous vous croyez à Verdun, sans blague. Allez ! On recommence. Mais un ton en dessous. Je compte jusqu'à trois.

Cette fois, la clameur s'atténue jusqu'à devenir une plainte à peu près plausible.

– Attention, reprend Robert. Dans cinq minutes, on démarre. Je ne sifflerai pas mais vous entendrez le bruit de la moto.

Il se fait un grand silence. Au-dessus de François, l'individu ne bouge pas mais il pèse lourd sur le frêle rempart qui protège le garçon.

– Ho, chuchote François. Vous ne pourriez pas vous pousser un peu à droite ?

Pas de réponse.

– Ho ! Ça roupille, là-haut ?

Et c'est soudain le ronflement de la moto. Puis le moteur au ralenti. Le motard vient de freiner, découvrant le désastre. Puis les appels au secours, les cris de douleur... Là-bas, le motard est gagné par la panique. Il rebrousse chemin, pleins gaz. Les officiels, en retrait, ont déclenché leurs chronomètres.

La course contre la mort vient de commencer.

CHAPITRE III

François s'était dit : « Comptons une demi-heure. Le motard va droit à la gendarmerie. Le temps de fournir les premières explications, de bien faire comprendre l'importance du carambolage, de donner au téléphone l'alerte générale... Oui, une demi-heure est un délai raisonnable... »

Mais pendant que les minutes s'égrènent, les figurants commencent à récriminer. Les cris, les gémissements, ça va bien au début. Et puis les membres, bientôt, s'ankylosent. On voudrait en finir vite. Tous les acteurs ne sont pas jeunes. Il y a des chômeurs d'un certain âge, des retraités, qui en ont assez d'être recroquevillés dans leur squelette de voitures. Ils protestent ; ils réclament. Deux ou trois veulent rentrer chez eux et Robert court de l'un à l'autre, parlemente, accepte qu'on cesse de crier jusqu'à l'arrivée des premiers secours. Ça ne peut plus durer.

Les deux gendarmes rejoignent Robert.

– Vous auriez dû faire appel à des femmes, dit

le capitaine. Elles sont plus consciencieuses que les hommes. Regardez, là-bas, les deux qui cassent la croûte. Ça ne fait pas sérieux.

Robert n'est pas content.

– On m'a tout laissé sur les bras. Personne n'y croit à cette cochonnerie de plan Orsec. Pas de crédits. Débrouillez-vous. Il a fallu improviser. Alors, fatalement, tout n'est pas au point.

François regarde, écoute, consulte sa montre-bracelet. Le temps semble arrêté et le bonhomme, là-haut, pèse de tout son poids. François commence à ressentir l'angoisse d'un vrai sinistré de la route. A la télé, quand la caméra photographie des ruines, elle bouge. Elle va de décombres en décombres. Le spectateur n'éprouve jamais la sensation de la durée, de l'attente, de l'espoir qui diminue, des forces qui déclinent. L'agonie du mourant, de l'emmuré qui va succomber, cela reste étranger au spectacle. Bien sûr, François sait qu'on va venir le délivrer, que toute cette mise en scène, plus plaisante que cruelle, n'est qu'un banc d'essai. Il peut y avoir des ratés dans le fonctionnement de la machine administrative. L'important est qu'elle soit prête à se mettre en branle quand on aura vraiment besoin d'elle. Mais, bon sang, qu'ils se dépêchent. Surtout que le petit copain, à l'étage au-dessus, devait avoir sur lui une fiole mal bouchée. Elle goutte. Lentement. Elle perd tout doucement un liquide qui fait floc sur la joue du garçon. Et pas moyen de reculer, ni même de tourner la tête.

– Hé, monsieur... Votre bouteille n'est pas bien fermée... Je vous dis que ça goutte... Vous ne m'entendez pas ?

Il dort. Pas possible. On l'a collé là comme un colis et, au lieu de rouspéter, il dort. Le sage, c'est lui. Midi moins vingt. Sur l'esplanade, les groupes ont fusionné. Ça discute ferme. Il y a quelque chose dans le minutage qui ne colle pas. Ces messieurs n'ont pas envie de déjeuner à quatre heures.

Et soudain le pin-pon des pompiers. Ouf ! Le plus dur est passé. Robert siffle un bon coup et le lugubre champ de bataille s'anime. Les plaintes ne peuvent pas s'empêcher d'être joyeuses et les blessés se tortillent avec allégresse. Déjà, les premiers brancards circulent, accompagnés par des infirmiers diligents.

– Laissez-le, celui-là ; enlevez plutôt le petit vieux. Doucement. Soutenez-lui la tête. Norbert, lâche la valoche. On ramassera tout ça plus tard.

D'autres voitures arrivent, fourgonnettes, camionnettes. Les pharmaciens et les toubibs sont là. Ah ! Comme François aurait préféré faire partie des ramasseurs d'éclopés au lieu d'être coincé comme un rat dans un piège. Il a un sursaut en entendant son cousin qui frappe du plat de la main sur le flanc du minibus.

– Ça va, là-dedans ? Pas trop malheureux ?

– Dépêchez-vous, répond François, je n'en peux plus.

– Tiens bon. Le temps de dégager l'allée centrale.

La voix s'éloigne, continuant à donner des ordres.

– Posez les corps par terre. Gaborit va les ramasser avec son équipe... Toi, ferme-la. Tu oublies que tu es dans le coma.

Le véhicule, à demi démantibulé, tremble sur ses ressorts. Les secouristes n'y vont pas de main-morte. Ça piétine. De grosses godasses écrasent des choses. D'accord, c'est un combat contre la montre, mais quand même ! La banquette renversée sur François est déplacée. Une voix inconnue apostrophe l'individu qui l'écrasait :

– Hé, mon gars, remonte-toi un peu. Il y a un petit en dessous. Tu lui pompes l'air.

Et c'est brusquement la lumière retrouvée. Une main empoigne le garçon par une cheville et le tire sans ménagement. François, debout, étourdi, titube un peu. Robert lui relève le menton.

– Qu'est-ce que c'est que ça ? Tu t'es écorché ?

Il sort vivement un mouchoir de sa poche et essuie la joue de son cousin.

– Ma parole, ce n'est pas toi qui saignes. Mais alors, c'est l'autre.

Il arrête au passage un jeune homme muni d'un brassard et lui montre l'arrière du bus.

– Aidez-moi. Il y a un blessé là-dedans. Faites comme moi... Doucement... Chacun par un pied.

Le corps de l'homme apparaît, inerte.

– Mais c'est Corbineau, s'écrie Robert. Et tout ce sang ! François, tu te sens d'attaque ? Oui. Alors, fonce et ramène le toubib ; ça presse.

François se dépêche, parmi les brancardiers et les secouristes. Le docteur est devant l'ambulance et conseille les volontaires qui se bousculent et se gênent mutuellement.

– La civière la plus lourde dessous. Prenez votre temps et ne coincez pas les glissières.

– Docteur, dit François, en le tirant par la

manche, venez vite. On a un blessé dans le minibus. Il saigne beaucoup.

– Vous avez dû forcer sur l'hémoglobine.

– Non. Il ne bouge plus... Je vous assure.

Le docteur lâche un juron, montre le champ de bataille à François.

– La pagaille, dit-il. Pas assez d'ambulances. Pas assez de matériel pharmaceutique. Pas de cadres, pas de vrais responsables capables de donner le coup de gueule. Je les avais prévenus, pourtant. La bonne volonté, c'est bien joli !...

Il n'achève pas sa phrase, marche de plus en plus vite, écarte quelques curieux et se penche enfin sur le corps de Corbineau qu'on a étendu à l'écart, sur deux banquettes rapprochées. A peine s'il prend le temps de regarder. Il se retourne vers Robert, furieux.

– Vous ne voyez pas qu'il est mort ?

– Quoi ?

Le médecin écarte les revers de la canadienne, ouvre largement la chemise, découvre la plaie qui ensanglante la poitrine du malheureux Corbineau.

– Cet homme a été poignardé, dit-il.

François devient tout pâle, s'accroche au bras de Robert, pousse une sorte de râle.

– Ah non, s'emporte le docteur, s'il veut tourner de l'œil, qu'il aille ailleurs.

On fait boire à François quelque chose qui lui brûle la langue et le fait tousser. Il essaie de recracher l'alcool, se frotte machinalement la joue pour effacer de son visage le sang dont le suintement ressemble à un tatouage.

– Emmenez-le au centre, conseille Robert à un secouriste. Et pas un mot !

Le secouriste soutient François jusqu'à une camionnette où quelques rescapés mènent une joyeuse vie et n'en finissent pas de se raconter leurs exploits. De la Croix du Pendu jusqu'à Saint-Vincent, la route est maintenant bordée de curieux bruyants. Cela tient de la manifestation paysanne et du Tour de France. Le centre est tout simplement la salle des douches du collège. Là, tous les faux amochés du carambolage viennent se passer au jet pour se débarrasser des coulées d'hémoglobine qui les ont transformés en gibier d'hôpital. On manque peut-être de beaucoup de choses mais Lucie Pellegrini, en commerçante avisée, a préparé au réfectoire un formidable casse-croûte qui rend immédiatement la santé aux sinistrés. Il y a là, parmi les amateurs de sandwichs, des représentants de la presse, des délégués de la préfecture, des observateurs de toutes sortes qui s'informent, prennent des notes. C'est la première fois qu'on voit dans la région un plan Orsec grandeur nature. François, ses esprits retrouvés, se fait tout petit. Qu'un journaliste vienne à le questionner : « Ah, vous êtes le fils de maître Robion. Et vous avez participé à l'expérience... Coincé sous une banquette dans le minibus ; parfait. » De fil en aiguille, François sera amené à parler de Corbineau. Et alors...

Car enfin, qui a été le témoin de l'agonie et de la mort du pauvre bonhomme ? Hein ? François. François tout seul. François qui a lu assez de romans policiers pour savoir que le plus suspect est souvent celui qui a vu la victime le dernier. Certes, le pâté de campagne de Lucie Pellegrini est une merveille, mais François a peur.

Brève apparition de Robert, qui a l'air bien fatigué.

– Ça va mieux ? Manquait plus que ça. Quelle histoire ! J'aurais mieux fait de me tenir tranquille. On veut se rendre utile et tout va de travers. Tu sais l'heure qu'il est ? Trois heures. Et il y a encore des gens qui n'ont pas été évacués. C'est du chiqué, je veux bien. Mais si c'était vrai ? Et pour tout arranger, on m'estourbit Corbineau ; c'est tout juste si on ne dit pas que c'est ma faute. C'est le bouquet ! Allez, viens.

– Où ça ?

– A la gendarmerie, pardi. Il faut que tu fasses ta déposition, que tu racontes tout ce que tu as vu et entendu. Tu n'as pas une petite idée de ce qui s'est passé juste au-dessus de toi ?

– Je t'en prie, Robert. J'en suis malade.

– Et moi, qu'est-ce que je devrais dire ? D'accord, c'est terrible. Mais tu n'as pas à avoir peur. Je reste avec toi.

A la gendarmerie, il y a beaucoup d'agitation. D'habitude rien de plus paisible, de plus familier qu'une gendarmerie. Un petit crépitement de machine à écrire, de temps en temps, des enfants qui jouent, un gendarme qui passe, quelquefois en bras de chemise, une fourgonnette qui entre ou qui sort. Mais aujourd'hui, tout Saint-Vincent est sur le pied de guerre. Ça téléphone dans tous les coins. Tout le monde court. François est happé par un secrétaire qui le sépare de son cousin. Le voilà dans un bureau qui sent la vieille pipe. Le sous-officier qui mène l'interrogatoire semble furieux. Il a pourtant une bonne tête rustique et, sur le front, la marque rouge laissée par le képi.

– Nom, prénom, adresse ?

Jusque-là, ça va. C'est après que les questions deviennent hargneuses. « Qu'est-ce que François vient faire à Saint-Vincent ? Pourquoi s'est-il porté volontaire ? Son cousin, oui, on le connaît. Un intrigant !

« Corbineau ? Jamais rencontré ? Bizarre. Attention, jeune homme. Votre déposition est enregistrée. Qui a eu l'idée de vous introduire dans le minibus ? Votre cousin. Encore lui ! Mais saviez-vous que Corbineau allait prendre place au-dessus de vous ? Non, bon. Vous n'avez rien vu, rien entendu. Vous n'avez perçu aucun bruit de lutte, ou comme un gémissement ? La victime n'a prononcé aucune parole ? Vous voudriez me faire croire que Corbineau est mort bien tranquillement ? Soit. Vous vous expliquerez devant le juge. »

Un mot qui fait peur. François est en train de mouiller sa chemise.

– Et quand ce malheureux Corbineau a été poussé dans le bus, continue le tortionnaire, réfléchissez bien... était-il déjà blessé à mort ou bien a-t-il été frappé à l'intérieur du véhicule ? Car enfin, où le coup a-t-il été porté ? Dehors ou dedans ? Dehors, il y avait des témoins. Donc...

– Je ne sais pas, monsieur, bafouille François. Si l'arme n'a pas été retrouvée dans le car, c'est que l'assassin l'a gardée et alors le crime a eu lieu dehors.

L'homme hausse les épaules. Il note quelque chose sur un bloc, arrache la feuille et sonne un planton.

– Le commissaire est là ?
– Il vient d'arriver.
– Donnez-lui ça.

Puis, se tournant vers François, mais cette fois l'air est moins sévère :

– Vous ne quittez pas Saint-Vincent, ordonne-t-il. On aura encore besoin de vous.

Robert l'attend dans la cour, en suçotant sa pipe.

– Peux-tu me dire comment Corbineau a été tué ? demande François. Le toubib a parlé d'un coup de poignard. Mais où est-il passé ce poignard ?

– On l'ignore. On a cherché partout, tu penses. Remarque que la police préfère peut-être se taire. Une enquête menée en public, dans le désordre que tu as vu, je comprends qu'on fasse le black out. Et malgré ça, la presse va se déchaîner. « Plan Orsec tragique... » « Quinze morts fictifs et un vrai cadavre. » Surtout qu'on aime bien les gros titres bêtes et méchants. Aïe, aïe, aïe, joli scandale en perspective.

– Qu'est-ce que je vais bien pouvoir raconter chez moi ? gémit François. N'oublie pas que je suis venu ici pour que tu me fasses travailler mes maths !

– T'occupe ! C'est mon affaire. Toi, tu rentres et tu te reposes. Tu as vraiment une pauvre gueule de rescapé.

Mais François est trop énervé pour se laisser aller à une petite sieste. Si quelqu'un doit être au centre de toutes les rumeurs, c'est bien Lucie, la bonne hôtesse. Elle a nourri tout le monde. En retour, elle a sûrement capté des propos confidentiels. Il l'appelle au téléphone.

– Allô... Ici, l'*Éclaireur de l'Aube*. Nous avons appris ce qui vient de se passer à Saint-Vincent-la-Rivière. Mais la police se refuse à toute déclaration. Il paraît qu'il y a un mort ?

La brave Lucie est très flattée et commence à vider son sac.

– C'est même mieux qu'un mort, dit-elle. C'est un cousin à moi. Un homme tout ce qu'il y a de tranquille. Il a été poignardé. On ignore par qui et pourquoi. Peut-être une vengeance, si l'on en croit la lettre anonyme.

– Une lettre anonyme ? C'est nouveau, cela.

– Oui. Une feuille de papier qu'on a trouvée dans sa poche. C'est affreux.

– Vous en connaissez le contenu ?

– Oui. Je le sais par cœur. Elle dit : *C'est ton tour. Mais il y en aura d'autres.* Et c'est signé : *le Hibou.*

– Le quoi ?

– Le Hibou. L'espèce de chouette... Une vilaine bête. La preuve !

François est si ému qu'il raccroche. Cette fois, il est glacé jusqu'aux os. *Il y en aura d'autres.* C'est clair. Le meurtrier est sans doute un fou et alors qui peut-il craindre en premier lieu ? Quel est le seul vrai témoin de son crime ? Logiquement, il doit s'imaginer, en ce moment, que celui qui a des choses à révéler à la police, c'est ce garçon que nul ne savait caché au fond du bus. Le cœur de François chahute comme un lapin pris au collet.

Il essaie de se préparer un Nescafé et il en renverse une partie. La panique ! La débandade nerveuse. Il ouvre la radio, pour attraper un peu de musique. Pas de chance. Il tombe sur un court bulletin de nouvelles. Un hold-up à Marseille. Un léger séisme en Grèce. Et, pour finir, l'énigme de la Croix du Pendu. Vu de loin, le plan Orsec ne fait pas trop mauvaise figure. Évidemment, on a égaré quelques blessés et un mort, oublié dans la confusion générale, est reparti chez lui sans prévenir, mais dans l'ensemble, l'expérience est plutôt un succès. Les barrages seront levés dès que les dernières constatations auront été effectuées. Reste une question fascinante : qu'est devenu le couteau ?

François la pose, le soir même, à son cousin.

– C'est ce que tout le monde se demande, répond Robert. Tout a été fouillé mais on ne sait pas très bien ce qu'on cherche. Sûrement pas un poignard, ou une arme sortant de l'ordinaire, ce qui supposerait que le crime a été prémédité. Non. Le meurtrier a simplement profité de l'occasion et il s'est servi de son couteau, un brave couteau sans malice comme la plupart des Vincentois en ont un dans leur poche, à la mode paysanne, pour couper le pain ou tailler un morceau de bois. C'est l'avis du commissaire Cervin, qui vient de prendre l'enquête en main. Nous sommes retournés, tous les deux, à la Croix du Pendu et je lui ai expliqué tout le détail de l'opération. Je l'ai aidé à grimper dans le minibus ! Il a vu l'espèce de niche, dans les débris, où Corbineau a été poussé au dernier moment. C'est à ce moment-là que le meurtrier a frappé. Corbineau était sans défense et tout autour du bus régnait une grande agitation. Alors, l'assassin a refermé son couteau après l'avoir essuyé et il est parti avec les autres.

– Mais quels autres ?

– C'est ce qu'on est en train d'établir. Évidemment, c'est par là que l'enquête doit commencer. Cervin est persuadé que celui qui a écrit la lettre anonyme... Tu es au courant ?

– Oui, oui. Continue.

– ... agit pour son propre compte. Il n'a pas de complices. Mais qui pouvait en vouloir à Corbineau ?

– Quel âge avait-il ?

– Quarante-trois ans. Menuisier. Marié, sans enfant. Cervin a questionné à droite et à gauche. Dans un petit patelin comme Saint-Vincent, ça cousine à perte de vue. Chacun sait tout sur tous. Du moins dans le petit noyau des plus vieilles familles. Mais on se serre les coudes, là-dedans, tu n'as pas idée. On fait risette à l'étranger, comme ça, mais bouche cousue sur les choses importantes. Allez, vieux. Laisse tomber. On va s'offrir un bon petit gueuleton chez Lucie. On a besoin de se refaire un peu.

... Le lendemain, retour à la Croix du Pendu. Mobilisation des secouristes et autres volontaires pour un supplément d'enquête. François est longuement entendu par le commissaire, un homme d'une quarantaine d'années, d'allure sportive, sanglé serré dans un raglan qu'un vent chargé de pluie lui plaque sur le corps. Et François recommence tous les gestes de la veille, retrouve son terrier et s'y blottit en souplesse. On place sur lui les sièges renversés. Ça discute dur, à terre, entre Cervin et d'autres officiels.

– Ça va, décide enfin le commissaire. Vous pouvez sortir.

Il y a de plus en plus de monde, une équipe de la voirie achève de nettoyer la route et la dépanneuse de Tubœuf déblaie les épaves les plus gênantes. Cervin consulte un rapport, garde auprès de lui le cousin Robert et quelques brancardiers dont les dépositions sont consignées sur des feuillets que le vent rebrousse.

– Vous dites qu'il est arrivé à vélo ?

François comprend qu'on essaie de reconstituer les derniers moments du malheureux Corbineau.

– Et même il était un peu en retard, affirme le témoin.

– Ah ! Et pourquoi ?

– Parce que ses ouvriers avaient encore deux cercueils à finir. Mais attention. Deux vrais, pour des défunts de la commune. Il a posé son vélo à plat, par terre, et il a rejoint notre groupe.

– Combien étiez-vous ?

Là, l'enquête bafouille. Robert ne se rappelle plus très bien qui était avec qui. D'où des querelles envenimées par la peur de se compromettre.

– Moi, dit l'un, j'étais dans la Citroën.

– Pas vrai. C'était Michel.

– Moi, j'ai vu Leroux qui poussait Corbineau.

– Quoi ! Tu veux ma main sur la gueule.

Pour finir, Robert retient les quatre que la rumeur publique désigne avec obstination. Il y a Belloure, Lambesque, Simonetti et Tubœuf. Ils reconnaissent qu'ils ont aidé Corbineau à se faufiler dans le bus.

– Il était gros, dit Belloure. Il a fallu pousser.

– Montrez-moi.

Ils sont intimidés comme si on leur demandait d'exhiber quelque talent caché. Enfin, ils s'exécutent tant bien que mal. Le commissaire ne semble pas satisfait. Il revient à François.

– Voyons, monsieur Robion, faites un effort. Corbineau était lourd. Ils s'y sont mis à quatre. Quand quatre hommes unissent leurs efforts, ça s'entend. Et vous n'auriez pas surpris une parole, un bruit ?

– Non, dit François, ou plutôt si, j'ai entendu des espèces de grincements.

– Ah mais, ça change tout, lance Cervin, très excité. L'un des quatre aurait donc posé les pieds à l'intérieur, pour avoir un meilleur appui. Réfléchissez. Est-ce que ça grinçait comme des semelles cloutées ?

François, mitraillé à bout portant par tous ces regards soupçonneux, ne peut que répondre :

– Oui, peut-être bien.

Et Cervin, triomphant :

– Faites voir vos pieds, tout le monde.

Mais, à cause du temps pluvieux, tous les pieds sont solidement chaussés.

– Videz vos pochcs.

Chacun des quatre suspects possède son couteau familier. Simonetti le prend de haut.

– En voilà des façons. On n'est pas des loubards. Allez, les gars. On s'en va. Avant qu'on nous mette les menottes.

Robert se rapproche de son cousin et chuchote :

– Maintenant, tais-toi. Plus un mot. Sinon, Cervin ne va plus te lâcher. C'est certainement un des quatre qui a fait le coup. Ce n'est pas à nous de nous en mêler. J'ai entendu dire que Simonetti devait de l'argent à Corbineau et que Lambesque était plus ou moins en procès avec lui à cause d'un droit de passage litigieux ; mais on trouverait partout de ces vieilles querelles de voisinage qui ne sentent pas très bon. Alors, méfiance, mon petit vieux.

Ils rentrent tous les deux, inquiets et fatigués. Cependant, Robert a encore le courage de téléphoner à maître Robion, son cousin. Il réussit à prendre le ton enjoué de qui domine parfaitement la situation.

– Non, rien à signaler de spécial. Le commissaire Cervin – ah ! vous le connaissez ? – essaie d'y voir un peu clair, mais il n'est pas du genre tourmenteur. François, lui, semble s'amuser beaucoup. Pardon, j'entends mal. Oui, il a un heureux caractère. Bref, les choses se passent plutôt gentiment. Bien sûr, il faudra aller à Versailles pour rencontrer le juge d'instruction. Ça ne nous empêche pas de travailler, ajoute Robert. En ce moment, François est sur un problème de géométrie (grimace de connivence à François). Ce n'est pas son fort, mais il est très raisonnable. Il dort bien et il a bon appétit. Ne vous inquiétez pas. Et surtout n'allez pas croire tout ce que les journaux racontent. Merci. A bientôt.

Robert raccroche en poussant un soupir de soulagement.

– Tu ne penses pas que papa te croit sur parole, dit François. Je jurerais bien qu'il a des informateurs et qu'il en sait plus long que nous sur l'affaire.

– Tout ce qu'on lui demande, reprend Robert, c'est de jouer le jeu. Ça t'amuserait d'aller au cinéma ? Le cinéma de Saint-Vincent, d'accord, c'est plutôt rétro. Mais c'est ça ou un comprimé de somnifère, et j'aime mieux roupiller en regardant un western qu'en remâchant les élucubrations du Hibou.

CHAPITRE IV

Le lendemain matin, Robert, qui est allé chercher des croissants, remonte, très excité.

– Le Hibou a encore écrit. Il paraît que Belloure a reçu une lettre : *Ton compte est bon.* C'est sa femme qui était à la boulangerie... Elle est terrifiée. Elle veut déménager.

François, encore tout engourdi de sommeil, se frotte les yeux.

– Pourquoi Belloure ? dit-il. La lettre est arrivée par la poste ?

– Oui, évidemment. Timbrée et tout. Sur du papier ordinaire. Et écrite en lettres bâtons, avec un stylo à bille. *Monsieur Adrien Belloure.* Pas d'erreur possible. Aucun signe particulier qui pourrait mettre la police sur la voie, parce que la police a été immédiatement prévenue, évidemment.

– Et Belloure, qu'est-ce qu'il en pense ?

– D'après sa femme, il a haussé les épaules et il a dit que c'était une blague.

– C'est arrivé quand ?

– Tout à l'heure, à la première distribution. Mme Belloure a tout de suite couru au commissariat.

– Et toi, tu crois que c'est une blague ?

– Moi, je crois que Belloure est un des quatre suspects. Logiquement, les trois autres devraient, eux aussi, recevoir leur lettre anonyme. Tiens, je vais téléphoner à Tubœuf.

Avec Robert, les choses ne traînent pas. Il a déjà l'écouteur à l'oreille.

– Allô, Tubœuf? Robert Robion à l'appareil. Vous êtes au courant, pour Belloure ?

– Oui, oui. Et il n'y a pas que lui ! Gourin, le boucher, a eu son paquet. Pendant que je lui faisais le plein, il m'a montré la lettre : *Fini de rigoler...* Signé *le Hibou.* Même que j'en ai laissé déborder le réservoir. Vous l'auriez entendu : « Je n'ai fait de tort à personne. Si je tenais le saligaud. » Mais Lambesque a eu droit à son billet doux, lui aussi. *Je m'occupe de toi.* Il était hors de lui. Il m'a injurié au téléphone comme si j'y étais pour quelque chose. Je l'ai calmé en lui demandant si, par hasard, Simonetti ne serait pas dans le coup, lui aussi. Ça n'a pas traîné. Il a appelé Simonetti aussi sec. Eh bien, justement, Simonetti venait d'être servi... Une ligne menaçante. *Tu l'auras bien voulu.* Je vais vous dire, monsieur Robion...

– Mais pardon, l'interrompt Robert. Et vous ?

– Quoi, et moi ?

– Vous n'avez rien reçu ?

– Non. Pas encore. Mais je vais sûrement être épinglé au prochain courrier. Et pas que moi. C'est un jeu, vous comprenez. On a affaire à un cinglé.

Mais le commissaire est prévenu. On a tous rendez-vous à la gendarmerie dans une heure. Même Michalon, le directeur des pompes funèbres. Parce que le Hibou lui a envoyé un petit mot gentil : *Prépare-toi. Tu vas avoir du travail.* Vous viendrez, monsieur Robion ?

– Si le commissaire me convoque, bien sûr. Mais pour le moment, je n'ai reçu aucune lettre.

– Soyez patient, ricane Tubœuf. Tout le monde y passera.

Robert allume sa pipe, pensivement.

– Ce qui peut arriver de pire, dit-il, c'est ça : une campagne de lettres anonymes. Ça se développe comme une épidémie et, malheureusement, il n'y a pas de vaccin.

– Tu crois que c'est vraiment l'assassin qui écrit ?

– Pas forcément. Suppose que tu veuilles embêter ton voisin. Tu traces une ligne de bâtonnets et tu dis : « Numérote tes abattis » ou un truc du même genre. Ça y est. Le mal est fait. Ta victime en perd le sommeil. Tu as gagné. N'importe qui, maintenant, peut s'en donner à cœur joie, en pensant que seul le Hibou sera soupçonné. Voilà un joli petit patelin, Saint-Vincent-la-Rivière, qui va se mettre à pourrir. Je suis écœuré. Tu sais ce qu'on va faire ? On va aller trouver le commissaire et se mettre à sa disposition. Ces lettres anonymes ont sûrement un rapport avec la mort de Corbineau, donc avec le plan Orsec. Or, qui a eu, le premier, l'idée de ce plan de malheur ? Moi. Et qui est le premier témoin du meurtre ? Toi. Donc Cervin ne sera pas fâché de nous garder sous la main. Prépare-toi. Un petit coup de brosse à tes souliers ne leur ferait pas de mal. Va devant. Achète les journaux. On devrait y voir nos binettes. Je te rejoins sur le trottoir.

Il a raison, hélas, le cousin Robert ! Pendant que tout le monde était réuni, hier, à la Croix du Pendu, les photographes se sont surpassés. On n'a que l'embarras du choix : gros plan du commissaire, Robert, de face, de profil... et François, dans la position la plus humiliante, au moment où on l'extrait du minibus, les pieds devant, les yeux clignotants, l'air ahuri. Ah, les copains du lycée, qu'est-ce qu'ils vont se marrer ! Et la famille ! D'ici que l'on vienne le chercher d'autorité, il n'y a pas loin. Quoique... Non. Cervin ne le laissera pas partir. Défense de quitter Saint-Vincent. Et puis le juge d'instruction n'a pas encore commencé ses investigations. Voilà qui assure un certain répit, et François est dévoré par l'envie de savoir, d'aller au fond de ce mystère qui lui a déjà coûté tant d'émotions.

Robert rigole en regardant les journaux.

– Console-toi, dit-il. Personne ne te reconnaîtra. On voit une espèce de tache pâle. On devine un visage. Mais ce pourrait aussi bien être celui d'un acteur de cinéma au cours d'un tournage. Ce sont surtout tes pieds qui sont intéressants. Où diable avais-tu marché ?

Il adore taquiner, Robert. Rien n'entame sa bonne humeur. Le croirait-on ? Même le commissaire qui se montre aimable. Il fait grand cas du jugement de ce garçon enjoué qui est toujours plein d'idées. Tous les receveurs de lettres anonymes sont là, affichant des mines peu amènes. On est un peu à l'étroit dans le bureau du chef de la brigade, mais chacun évite de frôler ses voisins, comme s'il redoutait quelque contagion.

– Voyons, messieurs, commence le commissaire, essayons d'y voir clair. Et d'abord qu'est-ce que ces lettres nous apprennent ? Bien entendu, elles vont être examinées à fond par nos services techniques, mais déjà on constate qu'elles sont probablement de la même main. Pourquoi ? Parce qu'elles ont été distribuées au même courrier, ce qui n'aurait certainement pas été le cas si nous avions affaire à plusieurs Hiboux. Et puis, il y a une autre particularité assez troublante. Ces lettres ne visent que des habitants de la vieille ville. Vous le savez aussi bien que moi : le Saint-Vincent d'après la guerre forme une sorte d'agglomération à part, en bordure de la rivière, tandis que le vieux Saint-Vincent se serre autour de son abbatiale. Je ne dis pas que ce sont deux petits mondes distincts, mais pourquoi le Hibou s'en prend-il à l'un plutôt qu'à l'autre ? Cela fait penser à quelque règlement de comptes à l'intérieur d'une même communauté. A votre avis ?

Mais personne n'ose émettre une opinion. Sauf Robert qui lève le doigt, comme le premier de la classe.

– Parlez, monsieur Robion.

– Moi, dit Robert, ce qui me frappe, c'est la banalité de ces textes : *Ton compte est bon... Fini de rigoler,* ou bien encore : *Tu l'auras bien voulu... Je m'occupe de toi...* Entre nous, c'est minable. Ça manque de conviction. Ça sent la formule passe-partout. Je mets à part la lettre de M. Michalon : *Prépare-toi. Tu vas avoir du travail.* Là, on peut discerner une vraie menace. Et encore. Non, pour moi, ces lettres sont d'un mauvais plaisant.

– C'est un peu mon point de vue, dit le commissaire. Nous avons une certaine habitude, malheureusement, des lettres anonymes. Elles présentent toutes un trait commun. Elles lèvent méchamment le voile sur un aspect peu reluisant de la vie privée des gens agressés. Ici, rien de tel, je le reconnais. Mais on ne peut s'empêcher d'établir un lien entre la mort de Corbineau et, par exemple, la lettre adressée à vous, monsieur Lambesque. *Je m'occupe de toi.* Comme si le Hibou prévenait sa prochaine victime.

– Permettez ! s'écrie Lambesque.

– Non, non. Calmez-vous, dit Cervin d'un ton apaisant. Simple hypothèse. Ce que je veux souligner, c'est que le Hibou, s'il a l'intention de s'attaquer à quelqu'un de précis, peut fort bien faire une espèce de clin d'œil à celui qu'il vise, pour le terrifier et le mettre à sa merci. Monsieur Lambesque, franchement, est-ce que la phrase de votre lettre contient une allusion comprise de vous seul ?

Lambesque se lève d'une secousse.

– Je proteste, crie-t-il.

– Asseyez-vous. Je vous pose la même question à tous. Est-ce que l'un de vous a l'impression d'être personnellement pris à parti par une de ces formules dont la banalité est peut-être voulue ?

Silence. Et puis Simonetti murmure, de son air le plus malin :

– Demandez donc à Tubœuf pourquoi le Hibou le laisse tranquille, lui.

Tubœuf hausse les épaules.

– C'est peut-être justement pour que je paraisse plus suspect que les autres.

– De la part du Hibou, remarque Cervin, ce ne serait pas très fort.

Le téléphone sonne dans la pièce voisine et le planton vient prévenir le commissaire.

– C'est Versailles.

– Excusez-moi, dit Cervin. Je ne serai pas long.

On se regarde avec répugnance et Robert prend fermement la parole. Où va-t-il chercher cette assurance ?

– Eh bien, dit-il, le Hibou a réussi. Vous êtes prêts à vous bouffer le nez. C'est ce qu'il cherche. Supposez que l'un de vous cède à la colère et, par exemple, frappe M. Tubœuf. Bataille. On ne sait jamais comment ça peut tourner. Bref, ce que le Hibou a si bien commencé, c'est vous qui allez le finir. Il a allumé la vendetta, et vous vous chargez de l'entretenir.

– Oui, c'est vrai, reconnaît piteusement Lambesque.

Là-dessus, le commissaire regagne sa place et consulte sa montre.

– Résumons-nous, messieurs. J'avais le juge au bout du fil et je me rallie volontiers à sa première impression. De deux choses l'une : ou bien c'est un sinistre farceur qui a pris le relais et les lettres n'ont aucun rapport avec le crime. Ou bien, au contraire, le crime fait partie d'un plan et les lettres aussi. Quel plan ? L'enquête finira bien par nous l'apprendre. En attendant, gardez votre sang-froid et faites-moi confiance. Vous êtes protégés... Ah ! vous, monsieur Robion, le juge d'instruction vous attend à trois heures, au palais de justice de Versailles. Là-dessus, je file à l'enterrement de ce pauvre Corbineau. Vous y serez aussi, j'imagine. Alors, si vous remarquez quelque chose d'anormal, prévenez-moi. On ne sait jamais.

Le temps qui était grognon a pris soudain cette allure butée et hargneuse d'une Toussaint qui suinte de partout et promène une vapeur mouillée sentant la feuille morte et le champignon pourri. Robert s'en moque, toujours fringué comme un routard, de la peau de mouton pas très propre aux bottillons avachis. François, dans son costume de citadin, n'est pas très à l'aise. Il a un peu froid et l'humidité lui grimpe aux mollets, malgré son imper. Est-ce le crachin ? Est-ce la peur ?

Il n'y a pas foule et pourtant le défunt était, comme on dit, « bien estimé ». L'abbatiale est trop grande pour cette assistance clairsemée.

– C'est comme ça un peu partout, note Robert. Les églises sont comme des vêtements taillés trop large. Dans mon mémoire, j'aurai un chapitre là-dessus.

Il s'arrête pour serrer la main d'un personnage tout en noir, et ajoute :

– Va signer, François.

– Signer quoi ?

– Le registre, à l'entrée. C'est la coutume.

François ignore tout du cérémonial des obsèques. Il est trop jeune et cette coutume lui paraît ridicule. Il s'approche donc, gauchement, du registre. Le stylo à bille a des ratés. Il écrit : Rob... s'arrête. Pas moyen d'écrire : ... ion. Derrière lui, il y a deux ou trois Vincentois qui piétinent. Rageusement, il appuie de toutes ses forces : Robion. Et c'est alors qu'il découvre, en pleine page, juste entre les noms de Marcireau et de Jalabert, mais en toutes petites lettres : *le Hibou.*

Ce toupet ! Signer ainsi, publiquement, par défi ! Bien sûr, les gens écrivent leur nom distraitement, rapidement, sans prendre le temps de regarder les signatures voisines. Mais cela veut dire que le Hibou est là, quelque part, dans les rangées où, selon une ancienne tradition, se tiennent les hommes, tandis que les femmes se placent de l'autre côté de l'allée centrale.

François manœuvre pour attirer l'attention de son cousin, mais quand Robert est lancé dans une conversation, bien malin qui pourrait l'arrêter. Hélas, c'est maintenant le directeur du collège qui arrive et qui, par discrétion, pousse doucement Robert et son interlocuteur sous la statue de saint Pierre, à droite de l'entrée. Là, l'entretien repart de plus belle. Bon, François va donc agir seul. Il remonte vers le cercueil par l'allée latérale. Il étudie chaque visage, ou plutôt chaque profil, car tous ces paroissiens semblent singulièrement recueillis, tête basse, et sans doute plus absorbés par l'angoisse que par la prière. C'est peut-être bien la peur qui leur tient lieu de piété. D'après Robert, partout où subsiste une conscience vivace des plus vieux liens de parenté, demeure comme une source jamais tarie de violence, de jalousie, d'envie, qui expliquerait certains crimes incompréhensibles. Or, pendant très longtemps, Saint-Vincent n'a été qu'une petite agglomération paysanne, sans ouverture sur l'extérieur, et ce n'est pas parce qu'un autre Saint-Vincent a poussé sur son flanc (HLM, immigrés, cité-dortoir) que les mentalités ont changé. C'est du moins cela que Robert se propose de montrer. Comme il le dit souvent : « C'est dans cet inconscient qu'il faudrait piocher. »

Mais François a beau scruter ces figures immobiles, qui dissimulent Dieu sait quelles sourdes rancunes, il ne voit que de braves binettes couperosées et moustachues, qui aimeraient bien se retrouver chez Maurice, le bistrot d'en face. Enfin, Robert rattrape son cousin. Les voilà agenouillés l'un près de l'autre.

– Le Hibou est ici, chuchote François.

– Non ?

– Si. Il a signé.

– Tu l'as vu, alors ?

– Non. Mais il a signé. Va voir, si tu ne me crois pas.

Aussitôt, Robert, qui ne croit que ce qu'il constate lui-même, se défile, non sans déranger quelques assistants. Drôle de messe ! La cérémonie avance au pas, tout autour du cercueil de Corbineau ; son meilleur cercueil, le pauvre bonhomme ! Robert a disparu. Il n'est plus dans l'église, quand la foule commence à sortir. Il n'est pas non plus sur le parvis. Le cortège se forme car, ici, on accompagne toujours à pied le défunt jusqu'au cimetière. Mais par quel mystérieux cheminement la nouvelle a-t-elle circulé ? On sait bientôt que le Hibou est là. Son nom se murmure dans les rangs.

Cela fait comme un chuchotement étouffé, ponctué, çà et là, d'exclamations. Certains s'arrêtent, parmi les tombes, pour continuer à discuter sans s'obliger à baisser la voix. Le receveur de la poste, devant le caveau de la famille Dutoit, prend à témoins quelques amis : « Je n'ai pas à tenir compte de la façon dont est rédigée la suscription d'une enveloppe, quand on les trie. Pour moi, une lettre est une lettre. »

Ah ! c'est instructif d'aller de groupe en groupe. La pluie qui tombe ne réussit pas à noyer l'émotion. Quel est maintenant le Vincentois qui osera ouvrir sa boîte aux lettres sans éprouver un horrible malaise ? A qui le tour ? Qui va être menacé, ou dénoncé, ou trahi ? Car le Hibou ne va pas s'en tenir à de simples mises en garde. Il va lancer des accusations comme un terroriste qui balance une bombe dans un lieu public. Pauvre Robert ! Il ne cesse de répéter : « Mais pourquoi ai-je eu l'idée de ce fichu plan Orsec ? » Il confesse son trouble au brave Tubœuf qui a proposé, tout à l'heure, d'emmener les deux cousins au palais de justice de Versailles.

– Vous en faites pas, monsieur Robion, dit Tubœuf. Ça n'a rien à voir. L'assassin a simplement profité de l'occasion. Plan ou pas plan, il aurait de toute façon tué Corbineau.

Et il ajoute :

– De toute façon, ce n'est pas quelqu'un de chez nous. Si vous connaissiez comme moi Belloure et Lambesque et même Simonetti, ils ont des caractères de cochons, ça, c'est vrai. Et à la belote, ils auraient plutôt tendance à tricher. Mais ils ne feraient pas de mal à une mouche.

A la sortie du cimetière, Tubœuf arrête les deux cousins.

– Attendez-moi chez Maurice. Le temps de prévenir mon commis que je vais à Versailles et je repasse vous prendre.

Robert précède François dans le café qui fait déjà son plein et allume sa pipe.

– Tu veux un sandwich ? Chez le juge, ça risque d'être long. En sortant, on ira casser une petite graine, avec Tubœuf. Mais ça va nous mettre autour de trois heures... Garçon, deux sandwichs rillettes.

Robert regarde autour de lui, sans voir personne, car il poursuit pour lui-même :

– Ce que je ne comprends pas, c'est pourquoi Corbineau a été tué juste à ce moment-là et justement ce jour-là. D'après Cervin, le meurtrier a dû apprendre quelque chose qui l'obligeait à agir sans délai. Mais quoi, à la campagne, on a tout son temps et ici, c'est encore un peu la campagne. A-t-il entendu un propos, une méchante parole qui l'aurait subitement mis en colère ? Mystère. Cervin a interrogé les proches des quatre suspects. Ça n'a rien donné. La reconstitution des derniers instants qui ont précédé le crime, tu étais là. Tu as vu que ça n'a pas mieux marché.

Le garçon apporte sandwichs et demis, et Robert, d'un coup de dents, arrache un énorme morceau de pain et de rillettes. La bouche pleine, il rêve un peu, boit unc gorgée de bière, puis tire sur sa pipe. Le pain, la bière, la pipe, cela fonctionne comme une mécanique bien réglée.

– Eh bien, vas-y, François. Mange... Ah, c'est ma fumée qui te gêne, petite nature.

Robert vide le fourneau sur son talon et reprend le fil de sa méditation.

– Corbineau n'a été amené qu'au tout dernier moment, tu te rappelles ? Il y avait déjà du monde dans le bus, mais c'était surtout les places situées à l'avant qui étaient occupées. Des vieux du troisième âge qui font partie du cercle des retraités de la SNCF. Une distraction de choix, pour eux. De sorte que tu étais seul à l'arrière. Et attention... C'est ce malheureux Corbineau lui-même qui a demandé finalement à être installé là où il est mort. Il était gros et il voulait être à l'aise. Il aurait pesé vingt kilos de moins, il serait peut-être encore vivant... Non, c'est idiot ce que je dis. L'assassin était déjà aux aguets.

– Mais un de ces vieux dont tu parles aurait peut-être pu se glisser à l'arrière et régler en vitesse une ancienne querelle.

– Impossible, coupe Robert. N'oublie pas qu'à l'intérieur du bus tout était un peu sens dessus dessous. Nos bonshommes mis en place, ils ne pouvaient plus bouger. J'en deviens cinglé. Ah ! Voilà Tubœuf et son carrosse.

François, à travers la buée qui se forme sur les fenêtres, aperçoit confusément une antique guimbarde qui a dû connaître des heures de gloire.

– Mercedes ? avance-t-il.

– Je dirais plutôt une Chevrolet d'avant-guerre, propose Robert, qui a retrouvé son entrain. Allez, en voiture.

Tubœuf surprend les regards des deux cousins et sourit.

– Oh, ne vous faites pas de bile. Je vous ramènerai. Les bagnoles, c'est comme le vin. Ça s'améliore en prenant de la bouteille.

Le palais de justice est comme tous les palais de justice. Des marches. Beaucoup de marches. C'est vaguement grec, avec beaucoup de colonnes. De vastes espaces dallés. Çà et là, des avocats qui déambulent et quelques pigeons très affairés. François a le cœur qui bat un peu trop vite. Et puis des couloirs, encore des couloirs, des murs nus. Tout est rébarbatif. Un détenu, menottes aux poignets, qui passe entre deux gardes. Voici enfin le cabinet du juge.

– A toi de jouer, murmure Robert, car ici, dans tout ce vide, on a tendance à parler bas. Je t'attends dans la cour. Un peu de nerf, que diable !

– Tu es sûr que c'est ici ?

– C'est marqué, là. Juge Lassagne.

Il frappe pour son cousin, l'aide à franchir la première porte, matelassée, entrouvre la seconde, risque un œil, et chuchote :

– Merde, c'est une bonne femme.

Désarroi. Robert reste un instant sur le seuil d'un bureau encombré de dossiers et de paperasses, qui sent la gendarmerie, le tabac de troupe, et là-bas, derrière une vaste table, il y a une jeune femme jolie, dangereuse, qui le détaille en prenant son temps.

– Avancez, monsieur François Robion. Asseyez-vous.

Elle ouvre un dossier. François repère, près de la fenêtre, un vieux birbe coiffé d'une longue visière de joueur de base-ball, pour éviter d'être gêné par sa lampe à abat-jour vert. Le greffier, pardi. C'est moche, tout ça. Le juge lit : « Monsieur François Robion, né à Paris le 11 juillet 1972. Tiens, vous êtes donc Cancer ! »

Cette remarque achève de démonter François. En

quoi cela aggrave-t-il son cas ? A peine s'il écoute la suite. Elle veut savoir pourquoi il s'est porté volontaire et pourquoi il a choisi de jouer un rôle de victime, et pourquoi...

Tous ces pourquoi le cinglent comme une volée de petits plombs. A la fin, il se borne à dire :

– Demandez à mon cousin.

– Ah, soyez poli ! s'emporte-t-elle.

Elle est tout à la fois Cléopâtre et l'aspic caché dans les fleurs. La beauté et le venin.

– Pourquoi souriez-vous ?

– Je ne souris pas. C'est seulement un souvenir saugrenu qui me revient. Je pensais à Elizabeth Taylor dans un vieux film que j'ai vu.

Du coup, le cow-boy s'arrête de taper. Le juge fronce les sourcils, se contient avec peine, ce qui rend au garçon un peu d'assurance.

Et le round reprend. Tout ce que François a déjà raconté au gendarme et au commissaire. Elle revient sur tout, fait tout répéter ; chaque petit détail est disséqué, analysé, discuté. Au bout d'une heure, elle s'arrête, congédie le greffier, allume une cigarette.

– Vous êtes coriace, monsieur Robion. Je voudrais maintenant vous poser quelques questions plus personnelles. Qu'est-ce que vous pensez du plan Orsec ?

– D'après mon cousin, c'est une expérience utile mais qui a été mal préparée.

– Mais vous, votre opinion à vous ?

– Oh, moi !

Elle sourit méchamment.

– Franchement, François, avoue que tu t'es bien amusé.

Il sursaute. Mais de quel droit ? Qu'est-ce que ça signifie ?

– Mais si, continue-t-elle, mais si. La mort de ce pauvre homme, évidemment, est bien regrettable, mais si un nouveau plan Orsec était mis en train dans les jours qui viennent, tu serais encore volontaire. Allons ! Ne mens pas.

– Peut-être. Je ne sais pas.

– Dis-le, que tu as trouvé cela excitant. Ah, tu vois, tu aimes mieux te taire. Tu sens bien que j'ai raison. A ton âge, on aime les sensations fortes. Et pour prolonger cette petite ébriété, on se permet un supplément d'émotion. Oh, rien de bien méchant ; une simple blague de potache. On écrit, par exemple, sur un bout de papier : *Prépare-toi. Tu vas avoir du travail.*

François explose.

– Moi ? Moi ? J'aurais...

– Toi et quelques copains, histoire de rigoler, comme vous dites. Voyons, François, tu as la réputation d'être intelligent. Alors, tu te rends bien compte que les lettres anonymes distribuées à Saint-Vincent sont l'œuvre d'un mauvais plaisant.

– Je vous jure que...

Elle l'interrompt et d'un geste large montre une étagère où s'empilent des dossiers.

– Tout ça, mon petit François, ce sont des plaintes contre des garçons de ton âge, qui s'ingénient à empoisonner la vie de leurs aînés. Pas par malice. Plutôt pour le sport. Et quel sport plus amusant que la lettre anonyme, hein ? Réfléchis. Tu te trouves au centre d'un fait divers extraordinaire qu'on peut encore embellir par des prolongements dignes de la Série Noire et tu ne céderais pas à la tentation ? Oh, ce n'est pas la peine de prendre cet air outragé.

Elle penche la tête, change de ton, se fait complice.

– C'est que je te connais bien, François Robion, dit Sans Atout. Tu as déjà été mêlé à des événements qui sortent du commun. Or, qui a insisté pour jouer un rôle dans cette mystérieuse affaire ?

– Vous m'accusez d'avoir...

– Je ne t'accuse de rien du tout. Je t'adjure seulement de tout me dire. Ces lettres, est-ce que c'est toi qui les as écrites ? Ou les as-tu inspirées à quelqu'un ?

– Je suis innocent de tout, affirme François avec force.

Elle redevient le magistrat tout-puissant et lointain.

– Je vous remercie, monsieur Robion. Ce sera tout pour aujourd'hui.

François s'échappe sans saluer, se cogne dans la double porte. Vite, de l'air ! Il s'enfuit comme un malfaiteur qui s'évade.

CHAPITRE V

Robert reçut presque son cousin dans les bras.

– Eh bien, qu'est-ce qui t'arrive ? Où te sauves-tu ?

– Ah, la vache ! balbutia François. Elle est persuadée que j'ai écrit les lettres.

– Mouche-toi. Essuie tes yeux. Sortir en larmes d'un palais de justice, ça fait plutôt mauvaise impression. Tubœuf doit nous attendre à la rôtisserie. Allez, la tête haute, bonhomme. Et raconte.

Tout en marchant, François raconta l'entretien.

– Elle va finir par me faire coffrer, conclut-il.

Robert lui passa un bras autour des épaules et serra son cousin contre lui.

– C'est tout ? Et c'est pour ça que tu te fais tout ce cinéma. Mais, mon pauvre vieux, la vérité, c'est qu'elle nage. Alors elle s'en prend à tout le monde au petit bonheur. Aujourd'hui, elle te saute dessus. Dans deux ou trois jours, ce sera mon tour. Je comprends pourquoi Cervin ne peut pas la voir en peinture. Sa méthode à lui, ce n'est pas de transformer les témoins en coupables, mais de chercher des indices matériels.

Soudain, Robert se tait, s'arrête, la pipe pendue aux dents comme une canne à un portemanteau. Il la saisit avec précaution, la considère d'un air surpris comme s'il ne l'avait jamais vue.

– Attends, murmure-t-il, je viens de tout comprendre. Ça, c'est un tour de ton père. Pardi, ça saute aux yeux. Ton père connaît forcément la bonne femme. Avocat, juge, tout ça grenouille ensemble. Tu paries qu'il lui a téléphoné... Je l'entends d'ici : « Faites-lui peur. Menacez-le au besoin. J'en ai assez de savoir mon fils compromis dans cette histoire de fous. Nous voulons le récupérer et vite. Une bonne cure de trouille, ça lui fera les pieds. » Mettons que ce n'est pas tout à fait son style. Mais pour l'essentiel, je suis sûr de ne pas me tromper.

Il part d'un grand rire.

– Allez, mon petit vieux ; ne te fâche pas. Tes parents sont des parents, quoi ! Tiens, voilà Tubœuf.

Avant de reprendre la route, il a fallu manger sur le pouce deux ou trois sandwichs, puis, pour faire couler, boire un petit blanc au Café du Château. Tubœuf, mis au courant, était profondément indigné.

– De quoi je me mêle ! Ça ne sait même pas faire cuire un œuf à la coque et ça vient vous chercher des poux dans la tête. Attendez qu'elle me convoque. Je vous promets qu'elle m'entendra.

Les voilà partis pour de bon, à petite allure parce que la pluie rend la chaussée glissante. Tubœuf parle, parle... François ne l'écoute pas. Il découvre, au rythme fascinant des essuie-glaces, le pouvoir d'envoûtement d'une lettre anonyme. Inutile de se dire : « Je m'en fiche. Tout ça, c'est de la superstition. » Ça vous brûle l'âme comme un acide. On se fabrique déjà un ennemi à démasquer, à punir. François donnerait n'importe quoi pour être à la maison, loin du drame et de ce qu'il traîne après lui de sordide et de dangereux. Mais, à la maison, l'accueil sera plutôt glacial, après l'équipée de Saint-Vincent. Là aussi, il y aura des comptes à rendre. Robert, lui, ce n'est pas pareil. Il est libre et, après tout, si...

– Est-ce que je me trompe ? dit Tubœuf. J'ai l'impression que quelque chose ne tourne pas rond. Je flotte un peu. Je sais bien que cette pauvre bagnole est fatiguée, mais je sens qu'il y a du jeu dans la direction. Regardez. J'ai tendance à me balader de droite à gauche.

Il surprend le regard de Robert et proteste aussitôt :

– Non, quand même. Ce n'est pas un malheureux verre qui me dérange.

– Ce n'était peut-être pas le premier de la journée, insinue Robert.

Tubœuf donne un coup de volant très ferme pour redresser la voiture.

– Là, vous voyez, s'emporte-t-il, pour un peu j'allais dans les pâquerettes.

Il freine. L'arrière chasse brutalement. Au ralenti, il s'immobilise au bord de la route. Il est furieux.

– Vous n'auriez pas une roue à plat ? dit Robert.

– Si je tenais le salopard, commence Tubœuf.

Il n'écoute plus rien, met pied à terre, se penche sur sa roue gauche, à l'avant. Il l'empoigne à deux mains et la secoue.

– Elle ne tient plus que par deux écrous, crie-t-il. Venez voir le travail. Deux écrous en train de lâcher et le troisième en cavale.

– Ils n'étaient peut-être pas assez serrés, suggère Robert.

Tubœuf se rebiffe.

– Pas assez serrés ! Vous voulez rire.

Il se recule, mains aux hanches, contemple le désastre et secoue la tête.

– Pas besoin de chercher plus loin. C'est une roue trafiquée par quelqu'un qui s'y connaît. Il a dévissé un premier boulon et desserré les deux autres. Juste ce qu'il fallait pour que ça tienne un bout de temps. C'est un sabotage. Mais pourquoi ?

Il essuie son visage en sueur, y laissant une trace noirâtre.

– Mon garage est ouvert pratiquement en permanence. Facile, à l'heure des repas, de se glisser à l'intérieur et de jouer de la clef anglaise. Bon, eh bien, ne restons pas là. Je mets en place ma roue de secours et... Nom d'un chien ! Je parie que...

Il court à son coffre et lève les bras au ciel.

– On me l'a volée.

Les voilà tous les trois dans l'herbe mouillée, devant le coffre plein de chiffons sales.

– Je n'ai pas pris le temps de vérifier. De toute façon, une roue de secours avec seulement deux écrous n'aurait pas tenu. Il n'y a plus qu'à faire du stop. Que je le rencontre, ce Cervin de malheur.

C'était la première fois que François faisait du

stop, en vrai naufragé de la route, trempé, fatigué et gonflé de rancune contre l'univers. Et d'abord contre Tubœuf. Sous prétexte qu'il dépannait souvent les autres, il ne se croyait pas obligé de prendre pour lui-même les précautions les plus élémentaires. Par sa faute, ils venaient, tous les trois, de risquer le pire. Mais une idée nouvelle commençait à se glisser dans son esprit. Et si le Hibou... Est-ce que, par hasard, le sabotage ne viendrait pas de lui ? Joli coup ! Il faisait disparaître les trois gêneurs les plus dangereux.

Mais François était hors d'état de formuler le moindre raisonnement. Machinalement, il levait le pouce, d'un geste de plus en plus suppliant. Au contraire, Tubœuf se remuait comme un démon, invectivait les voitures qui lui passaient sous le nez, se dépensait en apostrophes vengeresses. Entre deux tentatives, il plaidait sa cause.

– Il ne faut pas m'en vouloir. Moi, j'ai voulu vous rendre service. (Hurlement de colère.) Hé, on ne l'aurait pas salie, ta charrette. Pauvre mec ! (Trois pas en arrière.) Je fais des commissions pour tout le monde, dans le pays. Ça ne me gênait pas de vous emmener à Versailles. (Nouveau cri d'alarme.) Faites gaffe ; celui-là va nous arroser. Il y en a qui prennent plaisir à passer au milieu des flaques. (Poing brandi.) Salopard ! Assassin !

Finalement, ils furent recueillis par un poids lourd qui transportait des cageots de poulets et ils arrivèrent à Saint-Vincent avec des plumes un peu partout, que la pluie leur avait collées dessus comme des étiquettes. Rinçage. Vêtements secs. Et soudain coup de téléphone qui pétrifie les deux cousins.

– Oh non, gémit Robert. La paix ! Décroche, tu veux ?

François prend l'appareil et le tend aussitôt à Robert.

– C'est Tubœuf.

– Quoi ? Mais on vient de le quitter.

Robert saisit le téléphone, son visage exprime la plus vive surprise.

– Attendez. Je passe l'écouteur à François. Répétez-moi ça, calmement.

– Calmement ! crie Tubœuf. Vous en avez de bonnes. Ma roue de secours, elle est là, avec un bout de carton glissé entre l'enveloppe et la jante. *Dernier avertissement.* Voilà ce qui est écrit, en lettres bâtons, naturellement. Le Hibou est donc venu en personne, pendant mon absence.

– Mais... votre commis ?

– Lui ! Un bon à rien. Il attend le client dans le bureau, en lisant des bandes dessinées. Le Hibou n'a eu qu'à entrer dans l'atelier par-derrière. Qu'est-ce que je fais ?

– Vous prévenez le commissaire.

– Vous croyez que ça servira à quelque chose ?

– Je l'ignore, mais on ne doit rien lui cacher.

– Moi, je veux bien, mais vous allez être dérangé, vous aussi. Il voudra vous entendre, et votre cousin également.

– Bah, conclut Robert, un peu plus, un peu moins... On est là pour vous aider, que diable.

– Merci. Je vous avoue que je commence à ne pas être tranquille. *Dernier avertissement*, hein. Ça donne à réfléchir...

Robert se laisse tomber dans le fauteuil qui gémit.

– Flapi, murmure-t-il. Je suis flapi. Tout ça prend mauvaise tournure, tu ne crois pas ?

François remet l'écouteur sur son crochet.

– Savoir, dit-il, si le Hibou nous visait aussi.

– Ça m'étonnerait, répond Robert. Pour moi, il cherchait seulement à provoquer un accident. D'où le *Dernier avertissement*. C'est une lettre qui met en garde tous ceux qui fréquentent Tubœuf. C'est comme si le Hibou criait : « Écartez-vous. Je vous préviens pour la dernière fois que vous risquez gros auprès de lui. » Et nous risquions gros, en effet.

Il se lève, s'assoit devant son bureau, et reprend :

– Est-ce que tu te rends compte que j'ai des copies à corriger. Tout ce tas ! Une phrase de Lamartine à commenter. Je t'avoue qu'en ce moment, ce n'est pas Lamartine qui me préoccupe le plus. Et toi ? Qu'est-ce qui te préoccupe le plus ?

– Mon père, dit François. Tu avais raison. Il est là, dans la coulisse, qui tire des ficelles. Et ça m'agace. Il doit penser qu'en me faisant harceler par l'un, par l'autre, il finira par me dégoûter des enquêtes policières. A la maison, c'est ça qu'ils craignent tous : que je me lance un jour dans le métier de Cervin.

– Ah zut ! s'écrie Robert. Encore le téléphone. Tu ne voudrais pas répondre. Je ne suis pas là.

François soupire. Le moindre mouvement lui coûte, tellement il se sent fatigué.

– Allô ! C'est François Robion, à l'appareil... Dommage, mon cousin vient de sortir. Attendez, je note : demain, seize heures, à l'école du quartier neuf. Et avant, dans votre bureau vers quinze heures. Voilà. C'est noté. Nous y serons. Bonsoir, monsieur le commissaire.

– Qu'est-ce qu'il mijote encore ? demande Robert. Écoute, le mieux, c'est que nous descendions au snack et que nous dînions sur le pouce. Et après, au lit.

Le lendemain, longue conversation avec Cervin. Il voulut bien leur résumer la situation. L'enquête sur Corbineau était au point mort. Côté Hibou, rien de neuf pour le moment. Cependant, il avait commis une imprudence en s'introduisant dans le garage de Tubœuf. Cela prouvait trois choses : un, il était du pays. Deux, il innocentait Tubœuf, qui n'aurait pas été assez bête pour saboter sa propre voiture. Trois : les deux cousins étaient hors de cause. En vérité, ils n'avaient jamais été sérieusement soupçonnés. Mais maintenant, ils étaient complètement blanchis. Ils allaient assister à une expérience qui pourrait bien être décisive. En effet, l'idée de Cervin était de faire écrire les textes des lettres anonymes par tous les suspects et même tous les voisins de Corbineau, en un mot, par tous ceux qui, de près ou de loin, avaient eu maille à partir avec le défunt. Il y avait donc, dans le préau de l'école, une trentaine de personnes, hommes et femmes, qui attendaient, impressionnés comme des candidats avant un examen difficile.

– Il y a des femmes aussi, dit François.

– Et pourquoi pas ? répondit Cervin. La plupart du temps, ce sont des femmes qui écrivent les lettres anonymes.

On fit entrer la première fournée. L'adjudant de gendarmerie indiquait leur place aux arrivants. Tables et bancs étaient destinés à des gosses et c'était à qui se contorsionnerait le plus pour s'asseoir. La classe commençait à murmurer.

– Silence, ordonna le commissaire qui, debout sur l'estrade, surveillait les opérations.

Quand tout le monde fut installé, il reprit la parole.

– Vous avez devant vous une feuille de papier et un stylo à bille, identiques au matériel utilisé par le Hibou. Je vais vous lire lentement le texte des lettres anonymes et vous écrirez sous ma dictée. Voici le modèle.

Il se retourna et, avec une craie rouge, traça au tableau les mots : *Ton compte est bon.*

– Vous avez bien compris ? Alors, je commence : *Ton compte est bon.*

Il allait d'un bout de l'estrade à l'autre, en répétant la phrase comme un instituteur consciencieux, tandis que l'adjudant passait dans les rangs et surveillait le travail. Robert se pencha vers François.

– Dis-moi que je rêve, chuchota-t-il.

– Allons, lança Cervin, dépêchons-nous un peu. Et pas de ratures, s'il vous plaît. Vous y êtes ? Voici la seconde phrase. N'oubliez pas d'aller à la ligne. *Prépare-toi. Tu vas avoir du travail.*

La classe s'applique et transpire. Gallard, le serrurier, gémit dans sa barbe :

– Pas si vite, m'sieur.

– On ne regarde pas sur le voisin, avertit le commissaire. *Tu vas avoir du travail.*

Les mains se crispent sur les stylos à bille. Les langues s'avancent au bord des lèvres. Il fait soudain très chaud dans la salle. Coup d'œil circulaire du maître.

– Allons, Prosper Laridois, ça vient ?

– Travail, demande le vieux jardinier, il y a un l ou deux l ?

– Comme vous voulez. La troisième phrase, maintenant. *Tu l'auras bien voulu.* Pressons un peu. Et indiquez bien votre nom au bas de la feuille.

– Ce ne sera plus anonyme, objecte la fille de la mercière.

Le commissaire, pris de court, s'énerve et menace.

– Pas de commentaires, je vous prie. N'oubliez pas que la prison attend le Hibou. Je continue...

Enfin l'exercice s'achève et le commissaire ramasse les copies dans un brouhaha de soulagement. François souffle à son cousin : « Vive la récré ! » Ils rigolent, tous les deux, mais ils sont bien les seuls. D'autres candidats attendent dans le préau. Repris par de très anciennes habitudes, ils sont déjà en rang par deux.

– Ça a été dur ? demande l'un d'eux.

– Chez moi, grogne une autre voix, c'est ma femme qui fait les écritures.

La nuit est proche et il pleut toujours.

– Si je t'offrais une petite bouffe, propose Robert, tu serais preneur ?

– Et comment !

– Alors, exécution. Cap sur l'Hôtel des Voyageurs. C'est à deux pas. D'ailleurs, à Saint-Vincent, tout est à deux pas.

Du seuil, Robert examine la salle.

– C'est toujours bondé, depuis huit jours, observe-t-il. Le plan Orsec, ça lui rapporte à Mme Pellegrini.

Celle-ci les aperçoit et, de loin, leur montre une table libre près de la fenêtre. Les cousins s'installent.

– Tu as besoin de te remplumer, mon pauvre vieux, dit Robert. Une heure à mariner au palais de justice. Une autre heure à guetter un sauveteur. Une autre encore... Il n'y a plus de François. Il a maigri, il a fondu. Mais on va te nourrir. La soirée est à nous.

Pourquoi cette réflexion paraît-elle de mauvais augure à François ? De temps en temps, il a de ces sortes de prémonitions qu'il s'empresse de chasser et dont il ne fait part à personne. Mais quelquefois, elles deviennent réalité. Robert, insouciant, étudie la carte.

– Je te recommande le potage. Une merveille. Si elle voulait, la patronne pourrait avoir une ou deux étoiles dans les guides. Mais elle manque de capitaux pour rénover son affaire. Bon, je vois que tu t'en fiches. Passons à ses cailles aux raisins. Attention, ce n'est pas de la petite caille industrielle, fabriquée à Taiwan. Ce sont de vraies cailles, dorées, dodues, flambées à point !

Robert fait signe à Mme Pellegrini.

– Madame Lucie, vos cailles, vous y mettez une goutte de cognac ?

– Surtout pas, proteste-t-elle. Non. Un soupçon de Cointreau. C'est unc recette maison.

Et les voilà partis dans une de ces conversations gastronomiques interdites aux profanes. Ce Robert, on peut l'interroger sur n'importe quoi. Il a tout lu. Il sait des tas de trucs comme s'il avait derrière lui cinquante ans d'expérience. Heureusement, d'autres clients appellent Madame Lucie.

– Décidément, tu la connais bien.

– Oh, répond Robert, elle est aimable avec tout

le monde. Mais, c'est vrai, elle s'intéresse à mes recherches sur Saint-Vincent. Il faut dire que tout le patelin défile ici, entre l'apéritif et le dîner. Les gens causent. On ne se gêne pas devant elle.

Il l'arrête encore une fois au passage.

– Madame Lucie, nous prendrons de la tarte. Dites, pourquoi n'étiez-vous pas à l'école, vous aussi, pour la page d'écriture ?

– Avec mon commerce, je n'ai pas de temps à perdre. Mais il ne m'a pas oubliée.

– Vous parlez du commissaire ?

– Bien sûr. Celui-là, c'est méchanceté et compagnie. Il est venu ce matin, exprès, pour me faire écrire ses imbécillités. Et après ? Il est bien avancé, hein... Voilà, voilà.

Elle s'en va précipitamment, parce que le chef la guette, au guichet du passe-plat.

– Telle que je la connais, dit Robert, elle n'est pas près d'oublier cette insulte. Ce pauvre Cervin n'est pas très diplomate.

– Mets-toi à sa place. En un rien de temps, un mort et le sabotage de l'auto, sans parler de toutes ces lettres.

– Ouais, dit Robert en bourrant sa pipe. La mort de Corbineau a provoqué, dans l'esprit des gens, une espèce de convulsion, une crise de nerfs collective. Mais ça va se tasser. Sinon, c'est qu'il existe un fou en liberté. Et dans ce cas... Bon, allons nous coucher.

La pluie a cessé et une nuit pleine d'étoiles s'est mise en place comme un décor. La rivière en crue mène grand bruit. Quand on ouvre un guide, à peine si ce joyeux petit cours d'eau, qui traverse

Saint-Vincent le long d'une esplanade bordée de peupliers, est signalé. L'été, la Marolle ne promène dans le bourg qu'un lit de cailloux. On peut la traverser en sautant de pierre en pierre. Mais, à la saison des pluies, alimentée par plusieurs étangs, dont ceux du Val et de la Geneste, elle devient la rivière de Saint-Vincent, rapide et même dangereuse parce qu'elle forme, çà et là, de larges pièces d'eau sur lesquelles on peut canoter. Un pont relie le vieux Saint-Vincent aux quartiers neufs. L'hôtel Pellegrini est situé à la limite de l'ancienne ville, tandis que l'immeuble où habite Robert est juste de l'autre côté du pont.

Robert allume sa pipe qui s'éteint sans cesse parce qu'il parle tout le temps et les deux cousins partent, au pas de flânerie. Le vent a dû descendre au sud, il fait très doux.

– La Marolle a monté, observe Robert. Mais j'aime bien ce grand bruit d'eau. C'est apaisant, tu ne trouves pas ? Et on a bien besoin d'être apaisés, tous les deux. Avec ce juge à la gomme qui peut faire durer des mois une instruction...

Quand le cri leur parvient, ils restent saisis, stupides, un pied en l'air.

– A moi !... Au secours !

Le cri semble monter de l'eau. Ils se penchent audessus du parapet. Les lampadaires sont trop loin, sur chaque rive. On ne voit que quelques reflets tremblotants.

– Au sec...

Bon sang ! L'homme est en train de se noyer.

– Tenez bon, hurle Robert.

Déjà, il se dépouille de sa canadienne.

– Attrape.

François la saisit. C'est beau, l'instinct du secouriste. Il n'a pas perdu la tête, lui.

– Cours. Le bachot du vieux Maillard doit être amarré sous le pont.

Robert enjambe le parapet.

– Débrouille-toi. Faut que tu apprennes.

Son plongeon éclabousse François qui, tout seul maintenant sur ce pont désert, n'en mène pas large. Mais il sait qu'il doit courir, sans penser à rien, et surtout pas à son cousin. Plonger comme ça, sur sa digestion, dans une eau froide. C'est là le genre de réflexion qui bloque les jambes. Plus vite ! Plus vite ! S'il n'y avait pas les cailles et la tarte.

François sent venir le point de côté. Il fait des kilomètres, ce pont de malheur. Enfin le bout. Encore une dizaine de marches de pierre. Il est obligé de s'asseoir sur la dernière. Il étouffe. La barque est là, plaquée par le courant contre la rive. En période de crue, le père Maillard surveille les berges, pour le compte des Ponts et Chaussées. Il signale les éboulements. François saute dans la plate, empoigne la longue perche jetée sur le plancher. Mais la barque est attachée par une chaîne à un anneau. Pas moyen de la libérer.

L'impuissance de François lui arrache des larmes. Appeler ? Hurler ? Les mains en porte-voix, il s'égosille : « Ohé !... Ohé !... »

Miracle ! Une main s'accroche au plat-bord. Elle émerge d'un remous.

– Ça va. Aide-moi.

La tête de Robert, au ras de l'eau. Et puis une autre tête qu'il soutient et que François distingue mal. Robert souffle bruyamment, parle par saccades :

– Tiens... Attrape-lui les épaules... Allez, du nerf !

Le bateau oscille, penche, mais la chance est avec les sauveteurs. L'homme bascule en tas sur les planches.

– Qui est-ce ?

– Tubœuf... tu poseras tes questions demain.

Et là, à dix heures du soir, par une nuit noire, au bord d'un cours d'eau en effervescence, François assiste à son premier exercice pratique de secourisme. Le noyé, hissé sur la berge, maintenu à plat ventre pour qu'il se vide du liquide absorbé, puis étendu sur le dos. Massage des côtes, du cœur, avec des mouvements qui paraissent d'une remarquable brutalité. Ensuite, un peu de bouche-à-bouche, et enfin trois ou quatre gifles amicales mais bien appliquées. Robert se redresse sur les genoux.

– Ça y est, dit-il. Il revient à lui. Il n'a pas eu le temps de boire une vraie tasse.

Le faux noyé remue, ouvre les yeux, veut parler.

– Restez tranquille, ordonne Robert. François, passe son bras gauche autour dc tes épaules et tiens-le par le poignet. J'en fais autant de mon côté avec son bras droit. C'est toujours comme ça qu'il faut opérer. Tu t'en souviendras ? Hop, m'sieur Tubœuf, un petit effort. On est presque chez moi.

Il titube, le pauvre Tubœuf. Il claque des dents. Il bute dans le trottoir, dans le seuil, dans les marches de l'escalier.

On arrive enfin.

CHAPITRE VI

Ouf ! On dépose Tubœuf dans le meilleur fauteuil. On reprend souffle.

– Déshabille-le, François. Tu te sécheras après. Et vous, m'sieur Tubœuf, bouclez-la. Il doit y avoir un fond de whisky dans la cuisine.

Tubœuf ruisselle et inonde le parquet. Ça sent le naufrage, la catastrophe. L'ombre du Hibou rôde dans la chambre. *Dernier avertissement.* C'est assez clair. Robert revient avec une sortie de bain et la bouteille d'alcool. Vigoureuse séance de friction. Tubœuf bredouille des excuses.

– Qu'est-ce qui vous a pris ? demande Robert. Un coup de cafard ?

– On m'a poussé.

– Mais il n'y avait que vous, sur le pont.

– Vous n'avez pas bien regardé. Il y avait « l'autre » aussi.

– Qui ?

– Je n'en sais rien. Tout s'est passé si vite.

– Vous ne savez pas nager ?

– Oh ! si peu. Je n'ai pas beaucoup le temps de m'offrir des vacances au bord de la mer.

– Qu'est-ce que vous faisiez dehors ? Vous vous promeniez ?

– Pas du tout. Il y a une heure, un client m'a téléphoné : Émile Leroyer. Il vend du linge dans les foires et il a une vieille camionnette qui commence à lui poser des problèmes. Bon. J'attrape ma trousse à outils et je cours chez lui. Il habite à côté du restaurant de Lucie. Tout de suite, il me dit : « Ho, Roger, qu'est-ce que je t'offre ? » Et de fil en aiguille il m'explique que sa camionnette est dans sa semaine de bonté et qu'il ne m'a jamais téléphoné. Sur le moment, j'ai pensé à une farce. On a bu un coup.

Tubœuf s'interrompt pour boire à la bouteille une gorgée de whisky.

– Ça ne vaut pas le cognac, déclare-t-il.

– Oui, bon. Et après ?

– Eh bien, après, je ne me rappelle plus très bien. Je venais à peine de m'engager sur le pont, on me saute dessus par-derrière, on me ceinture, et hop, on me balance dans la flotte. Quelqu'un de costaud, qui devait m'attendre.

– Vous allez porter plainte.

– Ça, c'est sûr. Deux agressions coup sur coup !

– Alors, décide Robert, n'attendons pas.

Il lui apporte le téléphone et forme lui-même le numéro de la gendarmerie, mais Tubœuf se lance dans un récit tellement embrouillé que Robert lui prend l'appareil des mains et résume clairement les faits.

– On vous attend, conclut-il. Premier étage à

droite. Quoi ? Je sais bien qu'il est tard, mais il n'y a pas d'heure pour être assassiné... Oui, à tout de suite.

Il repose rageusement l'appareil sur son bureau. Tubœuf éternue bruyamment.

– Si je ne chope pas une bronchite, dit-il, j'aurai de la veine, mais ça va, maintenant. J'aurais pu aller tout seul à la gendarmerie, au lieu de vous causer tout ce dérangement.

– Ouais, pour vous faire estourbir en route, proteste Robert.

– Mais pourquoi veut-on me tuer? reprend Tubœuf. Je ne dois rien à personne. Bien sûr, le commerce bat de l'aile, mais je m'en tire... Ah, tenez, les voilà.

On entend des pas puissants dans l'escalier. Ils sont deux.

– Brigadier Gérard... gendarme Malvoisin.

Salut militaire. Poignée de main. Tubœuf mène jusqu'au bout un résumé un peu brumeux.

Le brigadier opine. Et soudain, il pose une question qui les stupéfie tous les trois.

– On ne vous a rien pris ?

– Pris quoi ? Mon agresseur ne m'a pas fouillé.

– Vous, non. Mais votre maison ?

Tubœuf sursaute.

– C'est vrai. Je n'y ai pas pensé.

Malvoisin intervient à son tour.

– On a bien pu vous cambrioler avant de vous attaquer. Ce coup de téléphone, c'était pour vous attirer hors de chez vous.

– Il n'y a rien à voler, chez moi. J'ai bien un coffre, mais il ne contient que mille, ou peut-être deux mille francs.

– Des valeurs ?

– Non.

– Des bijoux ?

Tubœuf hausse les épaules.

– Vous me voyez avec des diamants aux doigts !

– Ça ne fait rien. Allons vérifier. Je vais avoir un rapport à fournir.

Du coup, Tubœuf se fâche.

– Je vous dis qu'il n'y a rien à vérifier et puis quoi, ça peut attendre à demain, non ?

Robert intervient.

– Ces messieurs ont raison. A votre place, je les accompagnerais.

Il lance un coup d'œil à François. A sa mimique, il est facile de comprendre qu'il en a assez de toutes ces complications.

– Vous me chassez, dit Tubœuf.

– Pas du tout.

– Eh bien, venez avec moi. Vous serez mes témoins, puisqu'on tient absolument à perquisitionner.

Les deux gendarmes apprécient mal ce mot. Tubœuf essaie de se rattraper.

– Si vous étiez aussi mal en point que moi, gémit-il. Allons, aidez-moi.

Ils se mettent en route tous les cinq, le brigadier en tête, et son second en queue. Les deux cousins sont en pyjama, les pieds dans des charentaises et un manteau sur les épaules. Quant à Tubœuf, il est toujours drapé dans sa sortie de bain. Curieux convoi, à plus de dix heures du soir. Heureusement, le garage n'est pas loin et à Saint-Vincent, passé huit heures, il n'y a plus personne dans les rues.

D'abord, on visite le bureau, du moins les gendarmes et Robert. Tubœuf marche derrière eux en grognant. François, lui, furète pour son propre compte. Il y a, sur des étagères, quelques modèles réduits : une petite Bugatti bleue, effilée comme une balle de fusil, et puis un camion Volvo avec sa remorque, des cendriers pour la publicité Michelin. Dans son dos, ça bouge, ça piétine.

– Vous voyez bien, dit Tubœuf, rien n'a été fouillé. Si vous voulez jeter un coup d'œil dans l'atelier, c'est par ici.

Ils passent du bureau dans le hangar. François, lui, cédant à son instinct de fouineur, s'approche d'une porte marquée « Lavabo ». Il l'entrouvre. La pièce est encombrée de pneus neufs et de bidons. Ce n'est qu'une réserve mais il faut se faire tout petit pour pouvoir se laver les mains. Soudain, au moment de refermer la porte, il aperçoit quelque chose... Très vite, il tire à lui le battant. Il écoute. Non. Il a dû se tromper. Alors, pourquoi a-t-il tellement peur ? C'est bête une pareille panique. On s'imagine qu'on a vu quelque chose et puis, si on a le courage de vérifier, on s'aperçoit que c'est un pli de rideau, ou un vêtement accroché en désordre au dossier d'une chaise. François a souvent de ces hallucinations, quand il émerge du sommeil. Cela ne dure que le temps d'un battement de cœur. Il suffit de mieux regarder. Eh bien, qu'est-ce qui l'empêche de rouvrir la porte, d'avancer la tête ? Il n'ose pas. Il ne dira rien à personne. On se moquerait de lui.

Les quatre hommes reviennent. Tubœuf est furieux.

– Ça suffit, crie-t-il. Vous voyez bien qu'on ne

m'a rien volé. J'irai déposer demain. Pour le moment, j'ai besoin de dormir.

Il entre dans la réserve et François s'arrête de respirer. Il va rencontrer le... Mais non. Tubœuf sort vêtu d'un ciré qui lui bat les mollets.

– Bonsoir, messieurs. Et vous, les cousins, mille fois merci. Sans vous... Allez, bonne nuit.

Poignées de main. Il traverse la rue. Il habite un petit rez-de-chaussée en face de son garage. Méfiants, les gendarmes l'accompagnent.

– Il a raison, dit Robert. Au lit ! Mais quelle histoire !

C'est par ces mots que le commissaire les accueille, le lendemain. Quelle histoire, en effet. Il ne sait plus par quel bout la prendre. Aucun indice. On recommence. Le pont, les cris, la visite du garage. S'agit-il d'une vengeance comme le pense Robert ? Cervin, lui, retiendrait plutôt l'hypothèse du fou. Prudemment, il a placé Tubœuf sous surveillance. Il mettrait sa main au feu que le Hibou se manifestera bientôt à nouveau. A la poste, tout le monde est prévenu. Dès qu'une lettre est déposée dans la boîte, elle en est retirée. On l'examine soigneusement. Le Hibou se sert d'un stylo à bille à encre noire et les lettres des adresses sont faciles à reconnaître. Ou du moins ce serait facile si le Hibou récidivait. Mais les Vincentois, méfiants et apeurés, se retiennent d'écrire. Ils craignent que toutes leurs lettres ne soient ouvertes car on n'aime pas que ses petites affaires soient étalées au grand jour. Le commissaire est pessimiste.

– Si ce Hibou est si malin – et il l'est – il n'a qu'à envoyer ses lettres à un complice, par exemple à

Paris, qui les renverra ici sous une adresse écrite d'une façon normale et nous n'y verrons que du feu.

Voilà une idée nouvelle qui est bien propre à susciter beaucoup d'angoisse. Eh oui ! Si le Hibou avait un complice ? Cette fois, on ne se trouverait plus en présence d'un détraqué, mais d'un criminel machiavélique, cherchant à affoler ses victimes avant de les attaquer.

Robert repousse cette hypothèse. François, lui... Il ne peut pas ne pas se rappeler ce qu'il a vu, ou ce qu'il a cru voir dans la petite pièce attenant au bureau de Tubœuf. Il y avait les bidons, les pneus neufs rangés en piles et qui sentaient fort le caoutchouc. Mais, tout à fait dans l'angle opposé à la porte, il y avait autre chose... autre chose ou quelqu'un, en tout cas une silhouette... une silhouette noire. Pas noire parce qu'elle se dissimulait dans un coin sombre. Non. Noire comme peut l'être une tenue noire. Le genre rat d'hôtel. Le genre Fantômas. Mais ça ne bougeait pas. Non seulement ça ne bougeait pas, mais c'était raide, figé, comme un mannequin, comme une espèce de Belphégor qui, surpris par l'entrée de ce visiteur inattendu, se serait aplati dans l'encoignure.

Et là, François se rend bien compte qu'il brode un peu, qu'il fignole pour le plaisir douteux de se faire peur. Ce qu'il a saisi au vol, en se repliant vivement dans le bureau, c'est tout simplement une colonne de vieux pneus empilés, ou peut-être une salopette, une de ces combinaisons maculées qu'on accroche à un clou avant de se laver les mains, ou même peut-être le ciré que le commis endosse quand il se tient devant les pompes. Mais justement, Tubœuf s'était couvert d'un ciré, en ressortant du garage. Alors ? Si le complice du Hibou n'était qu'une vieille défroque !

Mais inversement si la vieille défroque était bel et bien un acolyte du Hibou ! Pendant que celui-ci attirait Tubœuf hors de chez lui pour le supprimer, l'autre fouillait. A la recherche de quoi ? D'un papier ? D'une reconnaissance de dette ? D'un acte de vente ? Comment savoir ? Quelqu'un qui tient un garage, qui trafique dans la ferraille, qui aplatit les voitures démantibulées, que lui arrive-t-il de découvrir, de temps en temps, dans ces épaves ? Un chantier comme le sien, c'est comme un fond marin, plein de débris succulents, de bijoux cachés dans les portières, peut-être de paquets de morphine emballés dans des toiles imperméables. Après tout, il y a peut-être un Tubœuf qu'on ignore. Le voilà bien, l'effet ravageur d'une lettre anonyme. N'importe qui, et surtout le plus honnête, devient suspect.

François tousse un peu. Il a trouvé le moyen de s'enrhumer. C'est Robert qui téléphone à Paris et qui empêche, à grand-peine, Mme Robion de venir à Saint-Vincent inspecter le bivouac de ceux qu'elle appelle avec inquiétude « ses deux fous ». François se tient coi. Robert a eu beau lui apporter un bouquin de science-fiction plein d'envahisseurs qui n'ont que trois doigts et qui portent des antennes comme des hannetons, François ne parvient pas à oublier ce qu'il a cru apercevoir derrière la porte du lavabo, et son imagination travaille. Il aurait dû parler, mettre le commissaire au courant, ou du moins se confier à Robert. C'est par fierté, au fond, qu'il se tait. Pour qu'on ne le traite pas de gamin, de blanc-bec, d'hurluberlu. Et puis, au diable le Hibou. Attendons !

Ça ne traîne pas. Encore vingt-quatre heures de palabres, d'interrogatoires oiseux, de parlotes stériles, et soudain les voici, les nouvelles lettres anonymes. Une chez Leroyer : *Il faut payer, crapule.* Une chez Florence Marescot : *La justice est en marche.* Une chez Firmin Colomb... Deux ou trois autres dont Robert, débordé, a oublié le contenu. Mais toujours des menaces. La pauvre Florence a dû s'aliter avec une fièvre de cheval. D'après Cervin, cette nouvelle vague de saletés serait plutôt de nature à rassurer. Il y a quelque part un cinglé qui s'amuse. La preuve, c'est que le notaire, qui est en clinique depuis quinze jours à cause d'un infarctus, a eu droit, lui aussi, à son petit paquet-cadeau. Il se fait traiter de vieille canaille et autres douceurs, lui qui est unanimement respecté. Cela démontre bien que le Hibou frappe au hasard. Il pique des noms dans l'annuaire, et hop ! Donc, Cervin conseille un black out : pas de bavardages, de commentaires inconsidérés. Florence Marescot ? Elle est grippée. Rien de plus. Leroyer ? Il a été le premier à en rire. Et Tubœuf ? Quoi, Tubœuf, il ne lui est rien arrivé, à Tubœuf. Bref, si on cesse de parler de lui, le Hibou va vite se lasser.

Mais le black out, c'est bien joli. Il y a quand même des rumeurs qui filtrent. On a appris (à la suite de quelle indiscrétion ?) que le Hibou s'était amusé à dessiner, en guise de signature, une charmante petite chouette. Était-ce bien le même Hibou que précédemment ? Le commissaire est bien embêté.

– Tu vois le coup, dit Robert. Demain, c'est un chat-huant qui prendra le relais. Après demain, un grand duc. Dans huit jours, le bourg succombera sous l'attaque de tous les nocturnes imaginables.

Saint-Vincent commence à faire la une de tous les quotidiens. Les journalistes sont là. C'est curieux, le nombre d'étrangers qui ont subitement besoin d'essence et qui s'arrêtent devant les pompes de Tubœuf. La casquette sur les yeux, le poil hérissé, Tubœuf envoie promener les questionneurs. Leroyer, lui, est barricadé dans son magasin et sa femme prétend qu'il travaille à l'inventaire de la droguerie.

Pendant ce temps, François ne reste pas inactif. Il profite d'un instant où Tubœuf vérifie le niveau d'huile d'un Parisien qui essaie de lui tirer les vers du nez pour se faufiler dans le bureau et entrouvrir la porte du lavabo. Rien du tout. Le mur lisse. Ou plutôt non. Là où il croyait avoir vu la chose, il y a une étagère vide. Il ferme les yeux, convoque ses souvenirs. Cela ressemblait à une espèce de scaphandre ; c'est du moins ce que lui suggère sa mémoire épuisée. Est-ce que cela était muni d'un casque ? Non. Pas exactement un casque. Des trucs ronds, comme des lunettes, de grosses lunettes, dont les verres reflétaient l'ampoule qui pend du plafond. C'est ça. Des lunettes de plongée.

François referme la porte. Là-bas, Tubœuf a tout l'air de se quereller avec son client. Des lunettes de plongée ! Cette fois, la frontière de l'absurde est enfoncée. « Je vous l'affirme, monsieur le commissaire, c'était un homme-grenouille qui se cachait dans le lavabo. » Cervin est patient, mais il n'aime pas qu'on se paye sa tête. Lui sortir, de sang-froid, pareille insanité, c'est aller au-devant de graves ennuis. Motus, bon sang ! Bouche cousue, François a le temps de s'éloigner sans être repéré.

– Où étais-tu passé ? s'écrie Robert. Je t'ai cherché partout.

Il tend une lettre à son cousin et dit :

– Tu devines ?

Enveloppe portant la mention : par avion. Et une ligne. Une seule.

Tu aurais peut-être intérêt à rester tranquille. Sinon...

Signature : une ravissante hulotte, aux grands yeux innocents.

– Cette fois, c'est mon tour, constate piteusement Robert.

– C'est arrivé quand ?

– Tout à l'heure. Tu venais de partir. Et comble d'ironie, la lettre n'a pas été affranchie. J'ai été obligé de payer une surtaxe. La crapule ! J'aurais dû la refuser. Mais non. Je me suis fait avoir comme... comme...

Il écume. François s'assoit, les jambes molles.

– Tu as prévenu le commissaire ?

– Pas encore. Je me demande même si c'est bien utile. En tout cas, l'avertissement est clair. *Tu aurais peut-être intérêt... Sinon...* Ce « sinon » sous-entend des choses, signifie qu'on n'hésitera pas à m'attaquer, et même, peut-être, à nous attaquer tous les deux. Tout ça commence à sentir vraiment mauvais.

Robert se laisse tomber sur le lit.

– Mon pauvre François ! Je regrette bien de

t'avoir embringué dans cette aventure. Et toujours pas d'indice. Aucun lien entre tous ceux qui ont été visés par le Hibou. Cervin nage.

– Tu l'as revu ? Alors ?

– Oui, ce matin. Tu dormais encore. On a pris le café ensemble, chez Lucie. Je ne me doutais pas qu'une heure après, j'allais recevoir cette douceur. D'après Cervin, il n'y a guère qu'entre Tubœuf, sa sœur et Leroyer qu'on peut opérer un rapprochement. Ils sont vaguement apparentés à partir d'une certaine Noémie Lacouture, née Marjevol. Dès qu'on remonte dans le dédale des alliances, on s'y perd. Mais enfin, faute de piste, on peut toujours espérer qu'on va mettre au jour quelque très ancien différend familial.

– Et Corbineau ?

– Cervin cherche aussi de ce côté-là. Le père de Corbineau n'était pas du pays. Il était, paraît-il, voyageur de commerce. Représentant en lingerie, exactement. Tu vois qu'on n'est pas plus avancés. Ma pipe ? Où l'as-tu mise ?

Quand Robert perd quelque chose, il s'en prend toujours aux autres. Tandis qu'il cherche, François réfléchit.

– Pendant que tu fourres ton nez partout, dit-il, qui sait si tu n'as pas reniflé, à ton insu, quelque pot aux roses ? Moi, j'ai l'impression que le Hibou suit un plan bien précis et tant pis pour les gêneurs... Derrière le dico.

– Quoi ? Quel dico ?

– Ta pipe. Derrière le Larousse.

Robert saute dessus et entreprend de la bourrer, d'un index nerveux.

– Moi, dit-il, je serais un gêneur ? Et toi aussi ?

– Pourquoi pas ? Tu oublies que nous avons sauvé Tubœuf de la noyade.

Robert commence à faire les cent pas, comme un prisonnier dans sa cellule.

– Qu'est-ce qu'on attend ? reprend-il. Que les experts aient fini d'étudier l'écriture du Hibou ? Sans blague. Et pourquoi pas consulter les radiesthésistes, les voyantes et les tireuses de cartes ? Non, il ne faut pas trop compter sur la police. Tu verrais ce pauvre Cervin ! Il est écroulé, ratatiné, lessivé, mûr pour la retraite. Quand je vais lui mettre sous le nez la dernière production de notre Hibou national, il va aller au tapis, aussi sec.

Robert pointe vers François le tuyau de sa pipe.

– Retiens bien ça. Si nous ne trouvons pas nous-mêmes la clef du mystère, personne ne la trouvera. Donc, je désobéirai au Hibou et je ne resterai pas tranquille.

– Moi non plus, s'écrie François.

– OK. Alors, vérifions si l'idée qui m'est venue tout à l'heure est la bonne. A cheval, bonhomme. On y va.

– Où ça ?

– Au cimetière.

Et il explique, chemin faisant, que son idée est toute bête. S'il y a, entre Tubœuf et Leroyer, par Noémie Lacouture, un rapport de cousinage, on devrait découvrir, en examinant les tombes, d'autres points communs instructifs.

– Imagine, dit Robert, qu'on repère un caveau marqué : « Tartempion, famille Leroyer ». Bon. Cela nous aiguille sur la branche Tartempion. Et celle-ci peut nous conduire à une dalle portant un nouveau nom. Je relie tous ces noms entre eux et j'obtiens un petit buisson généalogique. D'accord, ça vaut ce que ça vaut. Mais pour nous qui cherchons un rapport entre toutes les victimes du Hibou, je crois que cette enquête peut nous mettre sur la voie de quelque chose. On ne risque rien d'essayer.

Le cimetière est au sud de Saint-Vincent, un peu à l'écart, en bordure de l'ancien bourg. On voit de loin, par-dessus le mur de clôture, les bras des plus hautes croix. Un vent aigre chasse dans les allées des volées de feuilles mortes. En vérité, ce sont deux cimetières différents qui se juxtaposent. Robert a raison d'entreprendre des recherches savantes sur les mouvements de population, car ici aussi, on a affaire à deux sociétés pas encore mêlées. Au cœur du cimetière, le Saint-Vincent ancien, aux caveaux semblables à des maisonnettes. Le doré des inscriptions a noirci, mais c'est plein d'époux regrettés, d'épouses méritantes, de jeunes filles emportées à la fleur de l'âge.

– A l'époque, observe Robert, ils ne savaient pas se soigner. Regarde bien. Dès que tu trouveras un des noms choisis par le Hibou, tu le notes. On va se séparer pour aller plus vite. Je prends à droite. A tout de suite.

CHAPITRE VII

Ce fut très vite accablant, cette revue funèbre, sous un ciel bas. Cependant, François pêcha un Désiré Lacouture et presque aussitôt un Anselme Marjevol. Bravo. Le coin était bon. Il inscrivit les dates, naissance et mort. C'était drôlement vieux, tout ça ! Plus loin, en revenant vers l'entrée, il n'y avait plus que de simples dalles, ornées au chevet de pots de fleurs souvent vides. On sentait qu'on venait de changer de génération. Maintenant, on voyait bien que les temps étaient durs. Des Ambrosini, des Calvi, des Muratore, en somme la colonie italienne. Mais, plus à droite, François repéra un Guilloteau, et bientôt un Alcide Randan. Et cela avait un excitant petit parfum d'Auvergne. La preuve ? Voici une certaine Amélie Chazerat, épouse Mazerolle. Pas de doute. C'est comme les cèpes dans les sous-bois. Qu'on en déniche un et aussitôt on en déniche dix. François était fier d'avoir la main heureuse. Il ne pouvait se permettre de héler son cousin, par respect pour les morts.

Mais il devait le rattraper au plus vite. Il courut au bout de l'allée. Il vira sec au coin du tombeau d'un certain Léandre Malvoisin, et là...

Eh oui, il y avait un corps en travers du chemin. Un vrai corps, avec des moustaches, du sang suintant d'une oreille. Il semblait attendre François. Depuis quelque temps, il y avait toujours, quelque part, un cadavre qui le guettait.

Passé le premier coup de frayeur, François, en hâte, partit à la recherche de Robert, qui était devenu invisible parce qu'il marchait plié en deux pour lire les inscriptions sur les tombes. Malgré l'heure encore matinale, on croisait des gens, çà et là, qui apportaient des chrysanthèmes et se déplaçaient dans le plus grand recueillement. Il ne fallait pas les scandaliser par une attitude trop désinvolte. Mais où était-il donc passé, cet animal de Robert ? Enfin, François le découvrit en arrêt devant une sorte de mausolée à l'intérieur obscur.

– Chut, dit Robert. Qu'est-ce que tu lis sur la plaque de marbre, au fond ?...

– Écoute, il y a quelque chose qui presse davantage.

– Plus bas. On ne doit pas nous entendre. Qu'est-ce que tu lis ?

François se pencha et épela non sans peine : Famille Chanac-Augeran.

– Bon. La date, après ?

– 1928-1954.

– D'accord. Chanac, ça te dit quelque chose ? Il y a un patelin, du côté de Mende, qui s'appelle comme ça. Je jurerais qu'un rameau auvergnat est venu prendre racine par ici.

– Mais, nom d'un chien, écoute-moi... Il y a un mort, là-bas.

Quand Robert méditait, on pouvait toujours le secouer. François haussa le ton.

– Il y a un mort, tu m'entends ?

– C'est la saison, répondit Robert, rêveusement. Puis il sursauta.

– Quoi ? Répète.

– Un mort, tu sais ce que c'est. Un pauvre type qui m'a tout l'air d'avoir été assommé. Et c'est tout frais.

– Tu ne pouvais pas le dire plus tôt ! Il est loin ?

– Non. Pas très.

– Je te suis.

François se trompa plusieurs fois, mais ils arrivèrent bientôt près du corps. Robert l'examina attentivement. Costume de ville soigné. Dans un poing, une petite gerbe de fleurs naturelles.

– Je l'ai déjà vu, murmura Robert. Il ne faut toucher à rien. Tu vas courir au bureau des entrées et donner l'alarme.

Pendant une heure, ce fut, dans le coin, un étrange ballet. Commissaire, substitut du procureur, médecin légiste, photographes de l'identité, curieux, une petite foule silencieuse qui arrivait sur la pointe des pieds. Au-dessus du corps, toutes ces haleines mêlées faisaient un petit nuage de vapeur. Quand le corps fut retourné sur le dos, il y eut un recul général.

– C'est Denis Augeran, dit quelqu'un.

Le nom commença à circuler. Des gens, un pot de fleurs au creux du bras, continuaient d'approcher.

– Denis Augeran... Vous savez bien... Celui de la

pharmacie. Oui, le gendre. Sans doute un malaise. C'est imprudent de sortir sans pardessus.

Cervin, un genou à terre, fouillait le corps ; il trouva une lettre qu'il tendit aussitôt au substitut.

– C'est trop fort, s'écria celui-ci. Mais il ne put s'empêcher de lire à haute voix : *Le pain blanc ne sera pas toujours pour les mêmes.* Signé : *Le Hibou.*

Il y eut quelques cris et un peu de bousculade. Le crime ne faisait plus aucun doute. Une ambulance vint se ranger en marche arrière près du groupe et l'infortuné Denis Augeran, placé sur une civière, fut embarqué. Le commissaire retint les cousins.

– Bien entendu, dit-il, c'est encore vous qui l'avez trouvé. Vous avouerez que... Bon, à onze heures et demie dans mon bureau. On a à parler.

François avait envie de rentrer, mais Robert ne l'entendait pas de cette oreille. Il l'emmena d'autorité jusqu'au mausolée.

– Ici, déclara-t-il, sont enterrés des Chanac-Augeran. Là-bas, on a abattu un Denis Augeran. Alors ? Tu ne trouves pas que mon hypothèse tient le coup ? Je ne comprends pas le rapport mais il y en a forcément un entre tous ces Augeran. Peut-être une histoire de fric.

Distraitement, Robert faillit allumer sa pipe, puis la repoussa dans sa poche. Il entraîna François par d'étroits passages entre les tombes, examinant les inscriptions et parlant à voix basse. François l'entendit chuchoter : « Pourquoi le pain blanc ne doit-il pas être toujours pour les mêmes ? Qui sont les mêmes ? »

Ils sortirent du cimetière et entrèrent au Café de l'Au-delà. Grâce à ce nom ridicule, le bistrot récupérait tous les picoleurs qui accompagnaient les défunts jusqu'à leur dernière demeure. Il était plein de monde et l'on ne parlait que du crime. Robert commanda deux cafés arrosés.

– Tu as remarqué, dit-il, cette fois il ne s'agit plus de vagues menaces mais d'un grief précis, comme si le Hibou parlait au nom d'une certaine catégorie de gens frustrés. Il aurait aussi bien pu signer : Robin des Bois ou Zorro. Pourtant, Corbineau n'était pas quelqu'un de riche. Tubœuf gagne bien sa vie, sans rouler sur l'or. Cependant, on s'en est pris à eux. Pour Denis Augeran, c'est autre chose. Quand il a épousé la fille du pharmacien, il a fait, paraît-il, une bonne affaire.

Robert rêva un moment, regardant les clients debout le long du bar.

– Il est peut-être là, dit François.

– Qui ?

– Le Hibou, pardi.

Robert n'écoutait pas. Il était tout à son enquête.

– Tu vois, reprit-il, si après Augeran, le Hibou s'attaque à quelqu'un de fortuné, s'il y a progression dans le choix de ses victimes, on tiendra un bout du fil. Le commissaire devrait spécialement protéger ceux du bourg qui passent pour riches... le docteur Marescot, par exemple ; sa clinique doit lui rapporter gros. Ou bien le notaire, maître Clovison.

– Tu abandonnerais l'autre piste ?

– Laquelle ?

– Celle des liens familiaux.

– Ah, soupira Robert, tout ça est si embrouillé ! Pourtant, à la réflexion, j'aurais une petite préférence pour la piste des pauvres contre les riches.

Je me dis que si le Hibou essaie d'effrayer les Vincentois, c'est parce qu'un de ces jours, il a l'intention d'en faire chanter un ou deux, parmi les plus aisés. Tu ne penses pas sérieusement qu'il va continuer son massacre ? Ce serait trop risqué. Mais qu'il exige de tel ou tel une bonne petite rançon, ça oui, ça me semble logique. Et d'ailleurs, mes deux pistes ne s'excluent pas forcément. Quelle heure as-tu ? (La montre de Robert était toujours arrêtée.)

– Dix heures et demie.

– Faut y aller.

François en avait vraiment par-dessus la tête de ces interrogatoires. Le commissaire, qui fumait sans arrêt, avait une voix comme du poil à gratter. On avait envie de tousser, rien qu'à l'entendre.

– Je voudrais bien savoir, commença-t-il, ce que vous fricotiez tous les deux dans un cimetière où personne des vôtres n'est enterré.

Robert se mit en devoir de lui expliquer sa brillante idée d'un lien familial possible entre les victimes. Cervin l'écoutait en secouant la tête sans arrêt, d'un air dubitatif. Parler à quelqu'un qui dit non systématiquement, cela aurait découragé n'importe qui. Pas Robert.

– C'est tout ? fit Cervin.

– Pas encore. Il y a aussi l'hypothèse de la rançon.

Là, Cervin cessa de remuer la tête et parut intéressé mais, cette fois, il souriait comme quelqu'un qui songe en lui-même : « Cause toujours ! » Quand Robert eut vidé son sac, le commissaire dit :

– Figurez-vous que moi aussi, j'ai pensé à tout ça. Vous n'allez pas m'apprendre mon métier, cher monsieur. Mais il y a un détail qui vous a échappé. Pourquoi Corbineau a-t-il été tué justement le jour où nous avons déclenché le plan Orsec ?

– Coïncidence, objecta Robert.

– Non. A mon avis, le criminel était pressé par le temps. Répondez à cette question et la solution du problème ne sera pas loin. Rapprochez les faits. Corbineau est pratiquement tué devant témoins, Tubœuf est agressé presque en votre présence. Et ce matin, Denis Augeran est assommé à vingt mètres de votre cousin. Ça signifie quoi ? Que l'assassin n'a pas un instant à perdre. Il fonce. Il prend tous les risques. Et il vaudrait mieux pour vous que vous ne vous trouviez pas sur son passage. Monsieur Robion, vous avez dû l'entendre courir ?

– Je n'ai pas fait attention.

– Je vois. En somme, vous ne savez rien, ni l'un, ni l'autre. Dommage. Je comptais un peu sur vous.

Le commissaire tendit la main à ses visiteurs.

– La preuve que le Hibou est un maladroit, reprit-il, c'est qu'il a manqué son coup. Apprenez, en effet, que Denis Augeran n'est pas mort, comme on l'a cru tout d'abord. Il est dans le coma. Il a été frappé par-derrière, sur la nuque, avec ce que nous appelons un instrument contondant. Du travail d'amateur. Maintenant, mes amis, un bon conseil : cessez de vous fourrer dans nos jambes. Et pas de visite à la clinique, sinon je vous colle en garde à vue.

– Il a bluffé, s'écria Robert, dès que la porte du bureau fut refermée. S'il s'imagine que nous allons baisser les bras.

Il avait décidément le diable au corps. François,

lui, n'était pas du tout rassuré. Qu'est-ce que c'était, au juste, la garde à vue ? On n'était pas enfermé, au pain et à l'eau, avec un garde devant la porte quand même ! Mais c'était quelque chose de déshonorant. Pour soi, d'abord. Pour les copains, ensuite. « Hé, les gars, Sans Atout est en taule ! » Et puis, à la maison... Non, il valait mieux n'y plus penser. Heureusement, un planton les fit sortir par-derrière. Pas de journalistes en vue. C'était devant la clinique qu'ils devaient s'agglomérer. Comme des mouches.

Le vent, à nouveau, venait de l'ouest et un grand morceau de ciel bleu se découvrait, du côté de la Croix du Pendu. Robert, suçant sa pipe, se dirigea vers la rivière.

– Ce qui m'étonne, dit-il, c'est le côté anodin de la plupart de ces lettres. Compare avec Augeran : *Le pain blanc ne sera pas toujours pour les mêmes.* Là, on sent une espèce de révolte, un esprit de revanche.

– Tu parles en prof, répondit François.

– Mais est-ce que c'est vrai ?

– Si l'on veut.

– Quoi, si l'on veut, riposta Robert avec fougue. J'ai tellement raison que je ne serais pas surpris si quelqu'un disparaissait et était libéré contre une bonne pincée de millions.

– Tu oublies une chose, objecta François, c'est que ce pauvre Augeran ne va pas rester des semaines dans le coma.

Robert faucha d'un geste cette remarque.

– Un coma, tu sais, ça peut durer des mois. Et puis rien ne prouve qu'Augeran a vu son agresseur. Il a pu être frappé par surprise.

– Justement. S'il ne se méfiait pas, c'est qu'il le connaissait. Je le vois très bien croisant l'homme, le saluant, et toc, le coup du lapin.

Robert s'arrêta, saisi. Il s'accouda au parapet et regarda sans les voir les petits chevesnes qui gobaient des insectes à la surface de la Marolle. François, à son tour, s'appuya au muret.

– Tu sais que tu n'es pas bête, reprit Robert, après un instant de réflexion. Bien sûr qu'on a tort de se représenter le Hibou comme un individu surgi de n'importe où. La vérité, c'est que tout le monde connaît tout le monde, ici. Et le Hibou est certainement un individu qu'on rencontre tous les jours, qu'on salue, un voisin, un familier. Tubœuf le voit souvent au garage ; Corbineau a peut-être travaillé pour lui, Augeran a passé près de lui sans méfiance. C'est toi qui as raison, François. Nous avons affaire à un personnage double. Côté face, un brave type. Mais côté pile, une espèce de monstre.

François, au même moment, revoyait la silhouette noire derrière la porte du lavabo. Le détail des lunettes lui revenait en mémoire. Et si ces lunettes avaient caché un visage déjà aperçu, au restaurant, par exemple.

– J'ai compris, murmura-t-il.

– Quoi ?

– L'assassin a un frère. Est-ce que ça n'expliquerait pas tout ?

Robert éclata de rire et donna une tape dans le dos de son cousin.

– Alors là, mon petit vieux, tu y vas un peu fort. Pourquoi pas des jumeaux ? La vérité, c'est qu'on a faim, tous les deux. Bientôt, on va dérailler complètement. Allons chez la bonne Lucie. Entracte.

Ils traversèrent le pont et s'arrêtèrent devant le menu affiché.

– Quelques cochonailles, proposa Robert. Tu serais amateur ? Et puis j'aperçois l'andouillette du chef qui nous dit bonjour. N'oublie pas ; on est des travailleurs de force. Faut ce qu'il faut.

Il entre le premier, l'air un peu bravache et remarque aussitôt l'attitude éplorée de Lucie. D'un signe, elle les invite tous les deux à la suivre dans la salle de billard où il n'y a personne. Elle les prend chacun par un coude et les attire tout près d'elle.

– Vous savez ce qui m'arrive ? murmure-t-elle. Il m'a téléphoné.

– Qui ?

– Le Hibou. Il veut de l'argent.

– Combien ?

– Cinquante mille francs. Cinq millions d'avant ; vous vous rendez compte ?

Elle se tamponne les yeux avec son mouchoir.

– Il dit, reprit-elle, qu'il fera tout sauter si je préviens la police. A ma place, Monsieur Robert, qu'est-ce que vous feriez ?

– Ça mérite réflexion, dit Robert. Il vous donne un délai ?

– Vingt-quatre heures. Je dois déposer l'argent à la Croix du Pendu, dans la carcasse du minibus. Je ne les ai pas, moi, ces cinq millions. On croit que je gagne beaucoup, mais ce n'est pas vrai. Avec le personnel, les charges et tout, je suis encore dans les dettes.

Elle ne peut retenir ses larmes.

– C'est pour m'effrayer, Monsieur Robert, n'est-ce pas ?

– Je me le demande. A Paris, c'est un genre de racket qui se pratique beaucoup.

– Oui, je sais... Les terroristes ?

– Pas seulement, corrige Robert. Les commerçants aussi sont visés. On les invite à payer et ils payent.

– Alors moi, je devrais payer. Et si je refuse ?

– C'est à vous de voir. Mais à mon avis, vous auriez intérêt à obéir.

– Pour qu'on me refasse chanter dans quinze jours ! Merci ! Tant pis, je vais prévenir le commissaire. Il doit bien y avoir un moyen de coincer ce bandit... Excusez-moi. Vous venez pour déjeuner, pas pour me tenir la main. Je me débrouillerai, mais c'est dur, à mon âge.

Et la voix brouillée de larmes, elle ajoute :

– Vous ne voudriez pas goûter à mon court-bouillon d'anguilles ? Elles ont été pêchées hier. Vous me ferez plaisir.

– D'accord, dit Robert, bon diable. Allons-y pour les anguilles !

Voici les deux cousins à table.

– Tu remarques comme le plan se précise, dit Robert, en attaquant les hors-d'œuvre. On frappe un grand coup puis on menace, on s'en prend à quelqu'un qu'on croit riche. Et quand les esprits sont mûrs, on abat ses cartes. Le Hibou cherche l'effet de terreur, voilà pourquoi il va si vite. Note qu'il ne réclame pas l'impossible. Cinquante mille francs, ce n'est pas très cher.

« Ce Robert, pensa François, il est formidable. A cinquante mille, il fait le dédaigneux. Moi, avec mes cent francs d'argent de poche, de quoi j'ai l'air, hein ? »

... Mais le commissaire apparut soudain, se dirigeant vers le fond de la salle, en direction de la porte marquée : Privé.

– Ça y est, chuchota Robert. Elle l'a appelé. Elle a du cran...

Un grand diable de garçon apporte les anguilles.

– Un nouveau, reprit Robert. Je parierais que Cervin, à peine prévenu, a sonné le branle-bas. Des hommes à lui un peu partout, le téléphone sur écoute, les clients contrôlés, et maintenant la conférence au sommet pour s'assurer que la pauvre femme ne va pas flancher.

– Le garçon serait un flic ?

– Pourquoi pas ? Ça presse, vois-tu. Imagine que Madame Lucie cède pour finir. Elle le peut. Elle reste libre. Alors d'autres rackets suivront... Les commerçants se mettront sous la protection de la police... Voilà où ça mène. C'est une course de vitesse entre Cervin et le criminel.

Robert roulait une boulette de mie de pain entre ses doigts, l'air de plus en plus absent, et ne touchait plus à ses anguilles.

– Elles ne sont pas bonnes ?

Il sursauta.

– Quoi !... Oui, bien sûr. Délicieuses.

– Alors, à quoi penses-tu ?

– A quoi je pense ? Je me dis que n'importe qui peut fabriquer une bombe. Les produits sont en vente libre. La presse a souvent expliqué comment il faut s'y prendre. Donc, le Hibou n'avait pas besoin d'attendre le démarrage du plan Orsec. En théorie, il avait le choix du moment. Alors, pourquoi justement ce moment-là ? Cervin a raison. Il y a un point qui nous échappe. D'un côté, on a affaire à un individu supérieurement astucieux et, de l'autre, à un individu complètement idiot. Sa campagne d'intoxication est conduite de main de maître. Il réussit à affoler les gens. Bien joué. Mais il rate Tubœuf. Il rate Augeran. Zéro pour lui.

François protesta.

– Augeran est peut-être mort, à l'heure qu'il est. Qu'est-ce que tu en sais ?

Robert ouvrit soudain des yeux effarés.

– Répète.

– Augeran est peut-être mort.

Robert se leva brusquement, plaqua sa serviette sur la nappe.

– Je vais téléphoner.

Puis il se rassit.

– Que je t'explique, mon petit vieux. Si Augeran n'est pas mort, c'est toi-même qui me l'as fait remarquer, il y a une petite chance pour qu'il désigne son agresseur. Bon. Mais s'il est mort, qu'est-ce qui empêche Cervin de laisser filtrer le bruit qu'Augeran est en train de revenir à lui. Et moi, je serais le Hibou, je voudrais absolument le faire taire. Tu saisis ?

– Finis de manger.

– Pas le temps. Je dois suggérer à Cervin que son pharmacien, mort ou vif, se prépare à parler.

Il sortit précipitamment. Une heure plus tard, le commissaire quittait le restaurant non moins vite. Ce fut Madame Lucie qui apporta la corbeille de fruits et le café. François n'eut pas besoin de l'interroger. D'elle-même, elle déclara :

– Je ne paierai pas. Dites-le à votre cousin. Que

je sois ruinée par le fisc ou par ce gangster, quelle différence ? Seulement, à votre place, j'irais prendre mes repas ailleurs, parce que ça risque d'aller mal, ici.

François regagna la maison de Robert après avoir acheté quelques journaux. En l'absence de son cousin, il se sentait désœuvré et las de tous ces mystères. Déclarations du juge : « L'enquête suit son cours » ; du commissaire : « La police suit plusieurs pistes » ; de l'envoyé spécial d'un quotidien : « Le Hibou de Saint-Vincent est toujours à l'œuvre », etc. Il attendit Robert en remuant des pensées moroses. S'il téléphonait chez lui, on raccrocherait aussitôt, pour lui montrer que désormais son absence était considérée comme une espèce de fugue. Ah, de ce côté-là, il n'était pas au bout de ses peines. Travailler ? Pas question. Lire ? Il était incapable de fixer sa pensée sur quoi que ce soit d'utile. Il se tenait derrière la porte comme un chien qui attend son maître et il faillit aboyer quand il reconnut, dans l'escalier, le pas de son cousin.

CHAPITRE VIII

Robert entra et écarta les bras en signe d'impuissance.

– Rien de neuf, dit-il. Le commissaire m'a écouté et m'a prié encore une fois de le laisser tranquille et de garder pour moi mes brillantes idées. Après, j'ai patrouillé un peu du côté de la clinique, pour tâcher d'avoir des nouvelles d'Augeran. Je connais l'infirmière-major ; j'ai eu son petit-fils en classe. Mais elle est inabordable. Consigne, consigne. Personne ne sait rien. J'ai téléphoné au secrétariat, en assurant que c'était de la part du *Figaro,* de *Libération,* du *Monde.* A tous les coups, on me répondait : « État stationnaire ». Naturellement, j'ai insisté : « Est-ce que sa famille est auprès de lui ? » On coupait la communication aussitôt. En résumé, j'ai perdu mon temps. Mais il est évident que tant de discrétion cache quelque chose. Si tu permets, je vais dormir un peu. Je suis flapi.

Il se jeta sur son lit.

– Réveille-moi dans une heure.

Heureux garçon, qui pouvait, à volonté, trouver le sommeil. Voilà pourquoi il était toujours d'attaque. François, lui, était incapable de maîtriser ses nerfs. Il n'avait d'autre ressource que de ruminer ses problèmes et, en vérité, il se demandait par quel bout les prendre. Côté police, on le gardait à l'œil parce qu'il demeurait le témoin numéro un. Côté Hibou, il représentait un danger certain. Et côté mystère, il nageait complètement. Robert prétendait que certaines compagnies d'assurances refusaient de couvrir les individus marqués par la guigne, en particulier les commandants de navires à malchance. On les appelait des « Jonas ». Eh bien, il était un Jonas. La preuve : dans toutes ses aventures précédentes, qui est-ce qui découvrait invariablement les cadavres ? Il se trouvait toujours là où il aurait mieux valu ne pas être. Toujours innocent et toujours suspect. Source continuelle de soucis, d'inquiétude, de difficultés sans fin pour ses parents, ses proches, ses amis. Le micmac, la manigance tordue, le coup fourré, voilà son terrain d'élection. Assez ! Assez ! Vivement la fin de ces vacances de Toussaint et le retour au nid, même s'il devait s'y faire houspiller.

La paix ! Il se jurait de ne plus jamais penser à la silhouette noire du lavabo. Cette silhouette qui l'avait regardé. Car il en était sûr, maintenant, elle l'avait regardé. Inutile de se répéter : « C'est faux ! J'ai rêvé. Je n'ai vu personne. » Il avait été reconnu, épinglé, inscrit sur la liste des prochaines victimes. Et pendant ce temps, Robert se reposait paisiblement. Mais de quel bois était-il fait ? François le regardait dormir et l'envie lui venait de le secouer, de lui donner des gifles, comme lorsqu'il s'était agi de ranimer Tubœuf. Mais Robert, de lui-même, rouvrit les yeux au bout d'une heure, et s'assit d'un coup de reins, lucide et prêt à l'action.

– Alors, petit vieux, ça va ?

– Non, ça ne va pas. Je n'ai pas le cœur à roupiller moi.

– Petite nature. Tu voudrais qu'on bouscule un peu les événements. Les choses ne vont pas assez vite. Patience, que diable ! Laisse le temps à ce brave Hibou de confectionner sa bombe. C'est un truc délicat, tu sais. Ça peut à chaque instant vous péter à la figure.

Robert se fouilla. La pipe, la blague à tabac, il portait tout sur lui. C'étaient les allumettes qui ne cessaient de s'égarer. Tout en les cherchant, il multipliait les conseils :

– Jamais de briquet. Ça donne un sale goût. Et, si possible, la même allumette ; jusqu'à ce qu'elle te brûle les doigts. C'est comme le reste. Ça s'apprend.

– Bon, intervint François, irrité. Et maintenant, qu'est-ce qu'on fabrique ?

– Eh bien, on pourrait aller renifler du côté du restaurant. Cette pauvre Lucie, bavarde comme elle est, je suis presque certain qu'elle a déjà tout raconté à ses voisins. Et, dans ce cas, il doit y avoir quelques curieux ; les envieux, les jaloux, les faux amis. Si aucune explosion n'a lieu, ils diront : « Elle a payé. Faut-il qu'elle ait de l'argent ! » ou « Elle n'a rien voulu lâcher. Faut-il qu'elle soit près de ses sous ! »

– Ce que tu peux être mauvaise langue, dit François.

– Oh non, mais elle m'intéresse, cette Lucie. Et pourquoi n'irions-nous pas dîner chez elle ? Hein ? Pour lui montrer que nous sommes de son côté ? Aurais-tu peur ?

François hésita.

– Non, peut-être pas. Mais je me serais bien contenté d'un sandwich.

– Réfléchis, mon petit François. C'est encore chez Lucie que nous serons les mieux protégés. Cervin n'est pas génial, mais il a sûrement fait le nécessaire pour placer des hommes à lui un peu partout. Je t'accorde que l'ensemble des bâtiments, dépendances comprises, est très vaste. Au temps des diligences, l'espace ne coûtait rien. Est-ce que tu sais que l'hôtel était un relais de poste. Il fallait loger, en plus des voyageurs, les chevaux, les voitures, tout le personnel de valets, de domestiques, de palefreniers. J'ai lu quelque part que pour un voyageur, on devait compter trois ou quatre personnes de service. Prends ton imper. La pluie recommence. Quel temps !

Mais Robert était de ceux que rien ne rebute. Sa bonnc humeur était inaltérable. Il tenait un sujet, en outre, qui le passionnait : l'histoire de Saint-Vincent-la-Rivière. Il appelait ça une étude sociologique, et toutes les occasions lui étaient bonnes d'instruire son disciple, comme il disait en plaisantant.

– Si ça t'amuse, continua-t-il, on visitera les dépendances. Rien que les cuisines, les remises, les écuries, c'est presque un petit village. Tout cela est bon à raser, mais Lucie pense plutôt à rénover, à rendre à l'ensemble son allure d'autrefois. Je l'approuve. J'ignore où elle prendra l'argent, mais il est certain que la déviation de la Croix du Pendu va arranger ses affaires. Excuse, mon vieux, je t'embête avec mes manies.

L'hôtel était en vue et le quartier semblait vide.

– Eh bien, je me suis trompé, poursuivit Robert. Les gens ont dû être avertis. Pas de flâneurs. Pas de gêneurs. Tu remarques : il n'y a même pas une seule voiture en stationnement. Évidemment, Cervin sait qu'une bagnole le long d'un trottoir, ça peut signifier un piège. Cesse de regarder partout. Ne te retourne pas. Je parierais qu'il y a des yeux qui nous observent.

Sur le seuil du restaurant, ils s'ébrouèrent, le temps de remarquer que la salle à manger était presque vide. Madame Lucie vint au-devant d'eux.

– Il est un peu tôt, dit-elle, mais de toute façon je n'aurai pas grand monde. Choisissez la table que vous voudrez. Roger, le vestiaire.

Un garçon noiraud vint se charger des manteaux.

– C'est un homme de la police, chuchota Lucie. A peine si j'ai eu le temps de respirer, le commissaire envoyait déjà ses troupes. Il y en a dans tous les coins. Le petit gros, là-bas, près du téléphone, il en fait partie.

– Mais dites donc, Madame Lucie, c'est dangereux. Si le Hibou s'aperçoit que vous avez prévenu la police... Il va prendre ça pour une déclaration de guerre.

– Eh bien, tant pis, gémit-elle. Qu'il mette le feu à la baraque. Au moins, ce sera fini. Installez-vous. Et merci d'être venu. L'hôtel, ça m'est égal. Mais je ne voudrais pas qu'il arrive quelque chose à mes clients. A votre place, j'irais au Petit Versailles.

– Jamais de la vie, protesta Robert. Une espèce de bistrot qui se donne des airs. Tandis que chez vous, on peut se permettre d'être gourmand.

– Vous êtes gentil. Est-ce que ma poularde aux girolles vous plairait ?

– Et comment ! approuva Robert.

– Alors, bon appétit.

Elle s'éloigna et Robert se pencha vers son cousin.

– Ils n'ont pas de chance, dans la famille, murmura-t-il. On balance Tubœuf à la flotte. On veut ruiner sa sœur. Je me demande pourquoi on s'acharne sur eux.

Trois clients entrèrent et Roger se précipita, tandis que l'homme, près du téléphone, faisait des signes mystérieux en direction du chef, dont on apercevait la toque blanche au guichet.

– Des gens du pays, commenta Robert. Je reconnais le patron du Prisunic. Ils viennent se rendre compte sur place. Derrière tout ça, je flaire quelque manœuvre politique. Laisse-moi t'expliquer...

– Je t'en prie, plaida François. D'abord, la poularde. Après, tu pourras me promener dans les coulisses politiques de Saint-Vincent.

Mais la poularde était si parfaite, les champignons si savoureux qu'il ne fut plus question des sourds conflits qui agitaient les Vincentois. Robert raconta à son cousin l'histoire mystérieuse du Courrier de Lyon. De temps en temps, il s'arrêtait pour écouter la pluie qui crépitait sur le trottoir.

– Je vous prêterai un parapluie, promit Lucie en passant près de leur table.

Rien ne pressait. S'il y avait eu plus de dîneurs, les cousins se seraient volontiers attardés, d'autant que le garçon leur apporta, au dessert, un petit verre de liqueur.

– De la part de la patronne, dit-il. C'est de la framboise.

Mais la salle à manger commençait à se vider. Il fallut se décider à partir. Robert fit un crochet par la caisse.

– Merci pour le parapluie. Nous reviendrons demain.

– Oh ! fit Madame Lucie, avec un mouvement d'épaules qui trahissait sa fatigue, est-ce qu'il y aura un demain ?

– Quand même, plaisanta Robert, les Huns ne sont pas à nos portes.

Les deux cousins s'arrêtèrent sur le seuil et Robert se battit une minute avec le parapluie qui refusait de s'ouvrir. Enfin, avec un claquement sec, il se déploya et le vent faillit l'emporter.

– Quel fichu temps, maugréa Robert.

Il y avait, au coin de l'hôtel et d'une petite rue qui montait vers la mairie, la rue des Cordeliers, un emplacement couvert permettant d'attendre à l'abri le car assurant le trajet Saint-Vincent-Versailles. Robert y poussa son cousin.

– Ça ne va peut-être pas durer, dit-il. C'est bien gentil ce Tom Pouce, mais c'est la taille fillette, ma parole. Alors, à deux là-dessous ! Pousse-toi au fond.

Ils se serrèrent dans le coin le moins exposé et se disposèrent à attendre la fin du déluge. Ils voyaient la façade de l'hôtel et l'ancienne porte par où, autrefois, les diligences entraient dans la cour, pour dételer devant la remise. La salle à manger venait de s'éteindre. Au premier étage, tous les volets étaient clos. L'avenue s'étendait, déserte, à peine éclairée par des lampadaires qui brillaient faiblement derrière le grillage de la pluie.

– Je ne sais pas si tu es comme moi, dit Robert, mais je commence à geler.

Il avança la tête, sous les gouttes, pour voir si une éclaircie n'allait pas s'amorcer.

– Tu te rends compte, grogna-t-il. Bientôt neuf heures. Depuis le temps qu'on se promène sous la flotte, on n'a plus rien de sec à se mettre. Dès demain, je...

Soudain, une énorme détonation éclata, quelque chose d'assourdissant, comme s'ils s'étaient trouvés à la gueule d'un canon. Et aussitôt, ce fut la mitraille des gravats, mêlés à un souffle brûlant qui balayait tout. Le mince abri fut emporté. Le lampadaire du carrefour s'éteignit. Abrutis par le bruit, roués de coups, les cousins gisaient dans la rue tandis que des moellons achevaient, à bout d'élan, de culbuter sur la chaussée. Et ce fut le silence, encore plus effrayant que le fracas de l'explosion.

Des fenêtres, une à une, s'allumaient le long de l'avenue. François essaya de remuer. A demi inconscient, il comptait ses membres. Jambe droite ? Présent. Gauche ? Présent. Bras droit ? Je suis là.

Il émit une sorte de cri enroué :

– Robert !

– Ça va, répondit Robert. Rien de cassé.

Une auto s'arrêta, alluma ses phares de route et

une nappe de débris variés apparut, violemment éclairée par cette lumière crue. Des portières claquèrent. De l'hôtel, jaillirent deux hommes, munis de lampes électriques. Des cris. Des appels. La confusion s'installait. « Appelez les pompiers ! »

Il y avait maintenant une petite foule. On aida François à se relever. On le brossait, on l'entraînait, titubant, vers le trottoir et il s'aperçut alors qu'il avait été projeté à plusieurs mètres par le souffle.

Madame Lucie sortit à son tour mais ne prit pas le temps de regarder François. Elle contemplait le mur éventré de la remise. Au cœur d'une fumée noire, des langues de flammes s'activaient méchamment. Une voix cria : « Ne restez pas là ! » Une autre hurla : « Attention au mazout. » Et ce fut bientôt l'image qu'on voit si souvent dans les magazines : les pompiers, les curieux, une intense bousculade. Heureusement, ni brancardiers, ni corps mutilés, ni SAMU. Par chance, l'attentat s'était produit à une heure creuse et l'explosion avait surtout ravagé la remise qui était en train de brûler sauvagement. A la lumière des phares de plusieurs voitures stoppées devant l'hôtel, on ne distinguait que des silhouettes à contre-jour. Robert finit par rejoindre son cousin.

– On revient de loin, dit-il. Si le coin de l'abri ne nous avait pas un peu protégés... Tu es sûr que tu n'es pas blessé ?

– Non. Je n'ai rien. Des bleus, sans doute. Quelques égratignures.

– Et tes parents qui t'avaient confié à moi ! Qu'est-ce que je vais leur raconter ?

Roger, le garçon, les conduisit, encore un peu

hébétés, chez le charcutier dont le magasin jouxtait l'hôtel.

– Pourvu que le feu ne s'étende pas, se lamentait le commerçant. Nous serions dans de beaux draps.

Sa femme fit asseoir Robert et François dans une pièce d'où l'on découvrait la charcuterie, ses terrines, ses jambons, ses quartiers de porc. Elle leur apporta un alcool bien raide qui acheva de balayer leur malaise. Naturellement, Cervin ne tarda pas à se manifester.

– Bien entendu, dit-il, vous étiez là. J'aurais dû m'en douter. Pas trop de mal ?

Il palpa le crâne de Robert.

– Quand même ! Une fameuse bosse... Et toi, gamin, pas de bobo ? On peut vous faire confiance pour embêter le monde. Je me demande ce que je vais raconter à votre père. Lui qui m'avait si bien recommandé de...

Il n'acheva pas sa phrase, mais François en comprit soudain tout le sens caché. Il était, depuis le début, au centre de tout un complot de consignes, d'avertissements... « Surveillez-le. Mais qu'il ne se doute de rien. Il est ombrageux. » Et l'on faisait passer le mot de magistrat à magistrat, de commissaire à policier. Il était horriblement vexé d'être l'objet de cette sollicitude hargneuse. Ce pauvre imbécile qui s'arrangeait toujours pour faire l'intéressant. Qui nous débarrasserait de lui ? L'attitude narquoise et dégoûtée du commissaire, était éloquente. Il ne s'adressait plus à François, mais à Robert. Les questions de routine : Qui étaient les dîneurs ? L'un d'entre eux était-il sorti pour revenir ensuite ? Quelqu'un avait-il téléphoné ? Pas d'allées et venues insolites ? Comme si ses propres informateurs ne l'avaient pas déjà renseigné !

Mais on voyait qu'il était profondément troublé. A chaque instant, il courait à la porte pour surveiller l'incendie, puis il rentrait, de plus en plus soucieux, tandis que le vacarme augmentait dans la rue. Finalement, il disparut précipitamment.

Le charcutier et sa femme, sur le seuil de leur magasin, se lamentaient et, de temps en temps, se réfugiaient dans l'arrière-boutique pour tousser un bon coup. Robert et François, les nerfs à bout, sales, douloureux, tombaient de sommeil sans cesser de guetter, de sursauter, quand l'éclat d'un casque de pompier brillait soudain sur le trottoir. Et puis ce fut la fin de l'alerte. Le charcutier rassura tout le monde. Le feu était pratiquement maîtrisé mais la remise était en ruine. Sa femme confectionna quelques tartines de pâté. L'arrière-salle se remplissait peu à peu, voisins, clients, passants, qui parlaient tous à la fois, et pour calmer l'émotion générale, on commença à faire circuler la miche et le saucisson.

François, cependant, saisissait quelques propos au vol. Le feu avait été provoqué par un engin explosif caché dans la buanderie, mais quand ? Sans doute pendant le dîner, car les hommes du commissaire, à ce moment-là, surveillaient l'hôtel plus que les dépendances. Naturellement, Madame Lucie était assurée, si bien qu'elle ne perdrait pas trop d'argent. Mais le préjudice moral allait être considérable, car on y regarderait à deux fois avant de retenir à nouveau une table chez elle.

– Pensez, pleurnichait la charcutière, c'est chez nous que le restaurant s'approvisionnait. Un demicochon par semaine, vous vous rendez compte ! Pour moi, Lucie sera obligée de vendre. Un coup comme ça, ça tue un commerce.

Le commissaire reparut, des traces noirâtres sur la figure. Il fut aussitôt entouré. Il repoussait les gens : non, il était trop tôt pour se prononcer, mais l'affaire prenait une nouvelle tournure. On serait fixé quand on aurait eu le temps de fouiller les décombres. Ce qu'il fallait trouver, c'était un fragment de la bombe. On verrait alors si les lettres anonymes ne se rapportaient pas à quelque entreprise de terrorisme d'un genre différent. François avait l'impression que Cervin racontait n'importe quoi pour ne pas perdre la face. Il tira Robert par la manche.

– Rentrons. Je n'en peux plus.

C'était une foule, maintenant, qui bloquait la chaussée où l'on butait sur des tuyaux qui serpentaient jusqu'à la rivière. Des fumerolles s'échappaient toujours des tas de pierres, de planches calcinées, de tuiles cassées, qui restaient de la remise, et de longues traînées de suie montraient que les flammes avaient léché les murs de l'hôtel, côté cour. La pluie avait cessé. Il y avait un lugubre clair de lune qui rendait la scène encore plus tragique.

– Hep, là-bas, cria une voix que l'on reconnut sans peine. Demain, à onze heures, à mon bureau.

Cela devenait une rengaine. « Demain, à onze heures, à mon bureau. » Cervin ne savait plus dire que cela.

Le lendemain, François eut une bien mauvaise surprise. Dans le bureau du commissaire, le secrétaire de maître Robion l'attendait. Ordre de le ramener en vitesse à la maison. Ce fut la plus pénible épreuve de sa vie. Après tout ce qu'il avait enduré pour servir l'ordre et la vérité, se faire cueillir comme un loubard qu'on ne touche qu'avec des pincettes ! François, au bout du rouleau, s'effondra en larmes.

Un pauvre môme, voilà ce qu'il était. Un Sans Atout en papier mâché. Un dégonflé qui ne savait plus que dire : « Je n'ai rien fait. Je suis innocent. »

– Calmez-vous, mon garçon, répéta Cervin.

Et le secrétaire, une main sur l'épaule, lui tendit son mouchoir en disant :

– On le sait bien que vous êtes innocent mais maître Robion veut qu'on en finisse avec cette histoire.

– Où est Robert ?

– Dans le bureau voisin. On l'interroge.

– Ce n'est pas exactement qu'on l'interroge, rectifia le commissaire. On enregistre ses déclarations. Et vous aussi, jeune homme, vous devez faire et signer une déclaration. C'est réglementaire.

– Après, nous rentrerons à Paris, ajouta le secrétaire.

– Pas tout de suite, dit Cervin. Nous aurons encore besoin de lui pour différentes choses et notamment pour la reconstitution de l'agression dont a été victime M. Augeran. A ce propos...

François aurait bien voulu entendre la suite mais Cervin le fit entrer dans un bureau voisin où Robert fumait mélancoliquement sa pipe. A travers la cloison, des éclats de voix leur parvinrent. Le commissaire et le secrétaire étaient aux prises.

– Pardi, fit Robert. Cervin n'aime pas qu'on lui

marche sur les pieds. Je me demande de quoi se mêle ton père.

– Oh ! c'est ma mère qui doit être folle d'inquiétude. Alors, tu comprends...

François entendit claquer une porte et, quand le commissaire revint, il était encore rouge de colère.

– Je n'aime pas du tout ces manières, s'écria-t-il. Bon, finissons-en avec ces paperasses. Asseyez-vous à ce bureau et lisez le rapport de votre cousin. Vous en signerez le double et vous serez libres tous les deux.

Pendant que François s'absorbait dans sa lecture, Cervin parlait, sur un ton radouci, avec Robert.

– On a retrouvé quelques débris de la bombe. Il s'agit d'un simple cocktail Molotov, bricolé par un amateur. N'importe qui a pu s'amuser, avec des matériaux de fortune, à fabriquer un truc comme ça. Le local contenait des produits inflammables et le criminel ne l'ignorait pas. Il s'est borné à coincer sa bombe dans une vieille lessiveuse à l'aide de journaux, ce qui a augmenté la puissance de la déflagration.

– Mais, demanda Robert, qui pouvait s'introduire dans la buanderie sans se faire remarquer ?

Cervin écarta les bras en signe d'impuissance.

– La cour de l'hôtel est bordée de débarras, de resserres, d'appentis qui servent souvent de garages aux clients. Là-dedans, il y a toujours quelqu'un qui circule. On a beau surveiller... Pour moi, le Hibou n'a jamais eu l'intention de mettre le feu à l'hôtel. Cette bombe, c'est un avertissement : l'argent ou la guerre. Il a bien choisi son moment, mais comment aurait-il prévu que vous iriez vous abriter de la pluie dans l'aubette ?

– Vous abandonnez donc l'hypothèse de l'attentat terroriste ?

– Je n'y ai jamais beaucoup cru. Il me paraît évident que c'est une sorte de racket. Reste un détail qui me chiffonne. Ce Hibou, si entreprenant, n'a pas l'air se se rendre compte qu'en multipliant ses attaques, il multiplie aussi ses risques. Un maître chanteur montrerait plus de prudence et de discrétion. Bref, l'enquête continue ! Vous avez terminé, monsieur Robion ? C'est bien. Vous signez et, si possible, vous ne faites plus parler de vous. Si on a besoin de vos services, vous serez convoqués tous les deux.

CHAPITRE IX

Convoqués, ils le furent bientôt. Dès le lendemain, Cervin les attendait devant l'hôtel, en présence de Madame Lucie, de son personnel et des autorités. Mme Lassagne, le juge d'instruction de Versailles, la « jugesse », comme l'appelait Robert, supervisait la reconstitution. Le trottoir et la rue avaient été soigneusement balayés et un dessin à la craie figurait le contour de l'abri où les cousins avaient cherché refuge.

Première discussion :

– Nous étions là, dans ce coin, affirma Robert.

– Je vous aurais cru un peu plus à droite, rectifia Cervin.

– Oh, si vous y tenez !

– Vous n'êtes pas là pour nous faire plaisir, intervint la jugesse.

Ça discutait ferme pendant qu'un gendarme, armé d'un mètre pliant, se déplaçait à quatre pattes et mesurait l'espace séparant le fantôme de l'abri du fantôme de la buanderie. Ensuite, experts et policiers se regroupèrent pour un conciliabule à voix basse. Cela prit une heure, puis une voiture s'arrêta et, avec un coup au cœur, François reconnut son père. L'avocat paraissait souriant et, à ses gestes, on comprenait qu'il allait au-devant des réticences et des critiques que sa présence inopinée pouvait provoquer.

– Il n'a pas le droit, chuchota Robert. Personne n'a été arrêté. Il n'est l'avocat de personne.

Et ce fut la deuxième reconstitution, au cimetière, cette fois. Tout le monde partit en voiture ; les deux cousins dans l'auto du commissaire, maître Robion dans celle du juge.

– Mme Lassagne est une amie de maître Robion, expliqua Cervin. C'est elle qui lui a demandé de venir, à titre purement privé. Cette affaire le passionne.

– Il aurait pu nous donner signe de vie, maugréa Robert. Il n'a même pas regardé de notre côté.

– C'est par souci de neutralité.

– Et surtout pour me récupérer, ajouta François.

– Il faut avouer que vous n'êtes pas un fils de tout repos, conclut Cervin.

Le cimetière avait été interdit pour une heure au public afin d'éviter tout incident. Le juge et le commissaire avaient d'avance réglé la scène. Un gendarme remplaçait le malheureux Augeran. Un autre était chargé de mimer la scène de l'agression. Or, plusieurs versions étaient possibles, à partir de l'instant où le pharmacien arrivait à la hauteur du mausolée de la famille Chanac-Augeran. Mais d'abord, il fallait observer attentivement le début de l'événement, et l'on s'aperçut que les fins graviers qui tapissaient l'allée avaient tendance à grincer sous les pas. Le gendarme jouant le rôle de la victime recommença plusieurs fois son parcours, un bouquet à la main. Pas de doute. Augeran avait forcément entendu s'approcher celui qui l'avait frappé.

– Mais il n'était pas le seul dans cette partie du cimetière, observa Cervin. Il devait entendre non loin de lui d'autres pas. Pourquoi se serait-il retourné ?

– Parce que l'assaillant s'est approché de lui en courant, répliqua le juge. Essayez.

Le gendarme-Hibou, armé d'un pot de chrysanthèmes, s'élança derrière le pseudo-pharmacien.

– Halte ! s'écria Cervin. On est bien obligé d'admettre qu'Augeran l'a entendu venir.

– Dans ce cas, il aurait fait face et n'aurait pas reçu le coup sur la nuque, dit le juge.

– Sauf si le Hibou est sorti brusquement de derrière une tombe. Vous allez voir.

Il se cacha derrière une espèce de petite chapelle, d'où il sortit au moment où le faux Augeran passait devant lui.

Cette fois, la reconstitution prenait forme. On choisit une deuxième tombe pour cachette, puis une troisième. Le gendarme et son bouquet recommencèrent leur trajet. Le gendarme-Hibou, son pot de fleurs au creux du bras, fonçait et François sentait qu'un fou rire nerveux lui montait à la gorge.

Ensuite, il y eut un long conciliabule pour décider quel avait pu être le parcours idéal du coupable. Il paraissait certain que le pharmacien avait été surpris et n'avait pas eu le temps de faire volte-face.

– Et pourquoi ? demandait le juge. Tout simplement parce qu'il connaissait celui qui allait le frapper. Cela prouve quoi ? Que notre assassin est un familier, quelqu'un d'ici, dont la présence dans le cimetière, un jour de Toussaint, ne pouvait étonner Augeran. J'irai même plus loin...

– Oh ! ce qu'elle m'agace ! chuchota François.

La « jugesse » prenait son temps, regardait tout son monde d'un air satisfait.

– Je suis sûre, maintenant, continua-t-elle, que le Hibou portait une gerbe qui dissimulait sa matraque.

On opina. La démonstration paraissait évidente. Par petits groupes, les assistants se dirigèrent vers l'entrée du cimetière. Maître Robion, avec la permission du juge, vint au-devant de son fils et de Robert. Il avait l'air apaisé. Prenant par le bras les deux cousins et marchant entre eux, il déclara :

– Eh bien, vous l'avez votre plan Orsec ! Vous êtes des gamins, tous les deux. Est-ce que vous réalisez bien à quel point cette affaire est sérieuse ? Non. Ça vous amuse de vous vautrer dans le mystère. Un enfant comme toi, mon petit François, c'est pire qu'un chien-loup. Un chien, ça se dresse. Mais toi, j'ai peur que tu ne sois incorrigible. Quant à toi Robert, je te faisais confiance. J'avais tort. Je suis obligé de rentrer à Paris, mais demain je reviendrai et nous parlerons sérieusement tous les trois. D'ici là, pas de nouvelle incartade, hein ? On se calme.

Ce n'est qu'une silhouette qui se faufile le long du mur de la clinique. La pluie, poussée par un vent d'ouest humide et tiède comme une haleine, efface à demi l'ombre qui se hâte, courbée, souple, inquiétante. Elle s'arrête derrière les fusains qui marquent l'entrée du plan incliné conduisant au parking. Une longue minute d'immobilité. Les néons, qui éclairent la rampe, révèlent un homme accroupi qui tourne lentement la tête, à droite, à gauche... Il écoute, n'entend que la pluie sur les feuilles et le vent dans les arbres dénudés du jardin. Il approche sa montre à cadran lumineux de son visage, devine qu'il est un peu plus de deux heures, le plus creux de la nuit. Tout dort. Même dans la salle de réanimation, les opérés de la veille, assommés par des calmants, doivent reposer sans un gémissement. Les infirmières de garde somnolent. Le veilleur de nuit, entre deux rondes, lit son journal dans le bureau des entrées. L'homme s'est soigneusement renseigné. En pensée, il est capable de se promener partout, de couloir en couloir, et même d'entendre des bruits imaginaires pour mieux se préparer à l'action. Il perçoit le glissement doux de l'ascenseur. Sans doute un malade qui va recevoir une piqûre. Il attendra quand il se sera introduit dans la lingerie. Il surveillera la chambre d'Augeran. Peut-être y a-t-il auprès d'Augeran quelqu'un, prêt à recueillir ses premières paroles. Ce serait trop bête d'échouer au but.

L'homme, cependant, est certain qu'Augeran ne va pas sortir de son néant pour s'asseoir brusquement sur son lit, le bras tendu, et crier : « C'est lui ! » Le bruit a couru, il est bien renseigné, que d'un coma profond le malheureux est passé à un coma léger, déjouant le pronostic du docteur Riffaud qui n'avait plus aucun espoir. Comment l'homme l'a-t-il appris, malgré les consignes de silence ? Par une indiscrétion du chauffeur de l'ambulance, qui avait dit au café : « C'est le docteur lui-même, devant moi, qui l'a reconnu en présence d'un anesthésiste. Il sortait de la chambre 24 et il a dit, texto : " Jamais vu ça. Il va finalement s'en sortir. " » Un mot comme celui-là est aussi actif que le microbe de la grippe. En moins d'un jour, il circule de bouche en bouche, sous le sceau du secret. Du coma léger, on en vient, inévitablement, à un engourdissement pâteux, puis à un abrutissement intermittent et enfin à une demi-lucidité. Et si un policier est là, qui chuchote : « Parlez, Augeran. Qui vous a frappé ? » Ah ! malheur. L'homme serre les poings. Il a pourtant frappé fort, mais une seconde trop tard. L'autre a eu le temps de le reconnaître. Allons ! Il faut en finir. Augeran réduit pour toujours au silence, c'est la paix assurée... et la fortune pour demain.

L'homme porte sous le bras un paquet léger. Il l'ouvre rapidement, déploie une blouse blanche qu'il enfile en souplesse. Le voilà tout de blanc vêtu, comme un employé de la clinique. Sans hésiter, il dévale la pente, sur ses légères chaussures à semelles de caoutchouc. A peine s'il laisse à la pluie le temps de lui mouiller les épaules. Il arrive au parking souterrain, ouvert jour et nuit en cas d'urgence. Il y a bien une barrière mobile qu'un gardien doit manœuvrer au passage des voitures. Mais le préposé, le menton sur la poitrine, ronfle tranquillement. L'homme se baisse, se glisse sous la barrière. Tout se présente comme il l'avait prévu. Il sait qu'au fond du vaste garage se trouve le monte-charge qui sert à emporter les civières dans les étages. A côté du monte-charge existe un étroit escalier de ciment qui permet de monter à pied, en cas de besoin. L'homme en ouvre sans bruit la porte de fer.

Alors commencent les vrais risques de l'expédition. Mais l'homme, pour vaincre son appréhension, se dit qu'on est à Saint-Vincent, que les gens, ici, ne sont pas perpétuellement sur la défensive, comme dans une grande ville, et qu'en dépit des événements récents, la vigilance se relâche forcément dans un établissement où le calme et le silence sont de rigueur. Il gravit donc résolument la volée de marches qui le conduit au premier étage. Porte entrouverte. Coup d'œil. Couloir désert, à peine éclairé par une veilleuse. Silence. Il referme la porte et monte au second. Il doit, maintenant, sortir de sa cachette et s'engager dans le corridor. Pourvu que le numéro vingt-quatre ne soit pas tout au bout de la rangée des chambres ! Ce n'est pas le moment de tergiverser. Il faut marcher carrément vers l'extrémité du couloir, en jetant un regard vif aux numéros. En somme, il convient de prendre l'attitude d'un infirmier soucieux de ne déranger personne. Et si, par impossible, on croise quelqu'un, surtout ne pas se troubler. Une petite inclinaison de tête et l'on continue, du même pas égal. C'est ça, un raid de commando. L'effet de surprise. Tout est là.

Le 24 est juste à côté de la salle d'opération, d'où sort une odeur piquante de désinfectant ; l'homme s'arrête pour se concentrer et respirer à fond. Éclairé de profil par la lumière diffuse du couloir, il n'est qu'une forme qui se dessine au fusain sur le mur clair. Il se penche, écoute longtemps. Aucun bruit dans la chambre. La poignée tourne sans grincer. Une très légère poussée, calculée au plus juste. Par l'entrebâillement, pas plus large qu'une fente, l'œil a vite fait d'embrasser la pièce : le lit, où gît Augeran, immobile comme un corps sans vie ; la potence d'où descendent des tuyaux vers sa tête et ses bras, la table de chevet, encombrée de fioles, le fauteuil vide. Pas de garde. La lueur d'une veilleuse révèle le moindre détail, jusqu'au tableau des températures accroché au pied du lit.

L'homme entre, avec décision. Cinq pas qui le portent tout près de sa victime. C'est bien Augeran, malgré le pansement qui lui entoure la tête. L'homme n'a pas besoin d'arme. Il n'a qu'à tendre la main et débrancher les tuyaux, l'affaire d'une seconde. La mort ne tardera pas à faire son œuvre. Ni vu, ni connu. Personne ne comprendra ce qui s'est passé. Ou plutôt si. On verra bien que le malheureux Augeran a été assassiné une fois de plus. Ce mot amène un rapide sourire sur les lèvres de l'homme. A reculons, il regagne la porte.

Et soudain, derrière lui, une voix s'élève :

– Allumez donc ! Vous y verrez mieux.

Le cœur décroché par l'émotion, l'homme ne bouge plus. On le tire en arrière. On referme la porte de la chambre. Le corridor s'illumine. Cervin est là. Deux inspecteurs, pistolet au poing, l'accompagnent, ainsi qu'un interne. Au fond du couloir, il y a des infirmières qui regardent, effrayées. Claquement de menottes.

– Si vous voulez bien me suivre, dit le commissaire. Nous avons à causer, mon cher Tubœuf.

CHAPITRE X

– Quoi, Tubœuf !

Les deux cousins n'en croient pas leurs oreilles. Robert hausse un peu le son. Tant pis si la voisine râle. Ils ont le visage tout près du transistor et ils écoutent, incrédules, l'émission matinale de France Inter.

– Ça ne tient pas debout, proteste François. On a voulu le noyer. On a dynamité sa sœur. Cervin s'est sûrement fourré le doigt dans l'œil.

– Tais-toi donc, dit Robert.

Le fait est là, Tubœuf est bien le Hibou. Les précisions s'accumulent. Le commissaire raconte comment il a monté sa souricière. Il a fait courir le bruit qu'Augeran pouvait reprendre connaissance, alors que le malheureux était bien mort. Il soupçonnait déjà Tubœuf.

– Ce toupet ! s'écrie François. Il ne soupçonnait rien du tout. Il se contentait d'aller à la pêche.

Interrogé par les journalistes, Cervin reconnaît que Tubœuf refuse de parler. Mais que peut-il contre l'évidence ? Et d'ailleurs, le commissaire va diriger une perquisition qui aidera sans doute à faire la lumière.

– Il y a quelque chose qui ne colle pas, dit Robert. Tubœuf est arrêté en flagrant délit. Bon. D'accord. Mais quel rapport peut-il y avoir entre lui et ses victimes ? Tant que la police n'aura pas répondu à cette question, on restera en plein mystère. Ou bien alors on le fera passer pour fou. Mais ce serait un peu trop commode. Prends Augeran ; Tubœuf n'était même pas client chez lui. Sa pharmacie habituelle, c'était la pharmacie de Paris. Il connaissait Augeran de vue. Pas plus.

François, à son tour, risque une hypothèse :

– Et si...

La matinée se passe à formuler des « Et si... » qui ne conduisent à rien. François monte la garde auprès du téléphone, prêt à noter tous les appels, tandis que Robert est parti aux nouvelles. Il repense à la silhouette aperçue chez Tubœuf. Et peu à peu, comme il arrive quand on s'excite sur une idée et que l'imagination l'emporte sur la réflexion, il s'enfièvre, se persuade qu'il a caché au commissaire un détail essentiel. A la fin, n'y tenant plus, il appelle Cervin, ce qui ne va pas sans les pires difficultés. On le renvoie de bureau en bureau, et des voix rogues lui demandent : « Qu'est-ce que vous lui voulez ?... Il est occupé. » François a enfin l'idée de lancer d'emblée qu'il s'agit de l'affaire Tubœuf et on le branche alors tout de suite sur le commissaire, au ton encore plus désagréable que ses subordonnés.

– Je vous appelle au sujet de l'homme-grenouille, dit François.

Pas de danger que Cervin raccroche. Au contraire, c'est lui qui est accroché. Très vite, pour profiter de l'effet de surprise, François raconte tout, la visite au garage avec les gendarmes et la silhouette entrevue dans la réserve.

– J'ai eu très peur. J'ai préféré me taire parce qu'on se serait moqué de moi.

Là-bas, le commissaire réfléchit. François insiste.

– Je suis sûr, maintenant, qu'il y avait quelqu'un. Peut-être que Tubœuf a été menacé et qu'on l'a forcé...

– Jeune homme, coupe Cervin, vous allez me faire le plaisir de vous taire, sinon je vous boucle. Votre cousin ? Il est au courant ?

– Non. Pas encore.

– Comment, pas encore, rugit le policier. Je vous défends de lui parler de cette histoire. A personne. Vous entendez ? A personne.

Le téléphone claque sur sa fourche. Il est furieux, le commissaire. Ce n'est pourtant pas la faute du matériel. Donc, François se taira, mais ce sera dur. Robert revient.

– Rien de neuf ?

– Non, rien.

– Madame Lucie a fermé son hôtel. Je la plains. Elle n'ose plus se montrer. Et nous, on va être obligés d'aller déjeuner au bistrot.

Mais, quand la nouvellc éclate, au communiqué de midi, ils en oublient d'aller manger. La police vient de perquisitionner chez Tubœuf, et a découvert, derrière une pile de pneus, une tenue de plongeur. Les explications du garagiste n'ont pas été très claires. Il a prétendu que cet équipement avait été oublié dans le coffre d'une voiture accidentée.

– Quand ?

– Oh ! Il y a peut-être deux ou trois ans. J'avais l'intention de la revendre parce que ça m'encombrait.

– Pourquoi ce vêtement était-il caché au fond de la réserve ? Vous aviez peur qu'on le découvre ?

Le journaliste, malheureusement, ne rapporte pas la suite de l'interrogatoire et les cousins en sont réduits aux suppositions. Robert est particulièrement doué pour ce genre d'exercice.

– Tu sais à quoi je pense ? dit-il, en nettoyant le fourneau de sa pipe. Eh bien, il me vient à l'esprit que Tubœuf sait peut-être nager. Je veux bien qu'il ait trouvé cet équipement dans une bagnole ratatinée. Mais pourquoi l'a-t-il gardé ?

Et aussitôt, emballé par cette hypothèse, le voilà qui saute sur le téléphone.

– Passez-moi le commissaire, vite. Il y a du nouveau sur l'affaire Tubœuf... Quoi ? Il est allé déjeuner ? A la bonne heure. Quand il aura déjeuné... Mais je suis poli, monsieur... Je vous en prie... Dites-lui qu'un ami est presque en mesure d'affirmer que Tubœuf sait nager. Il n'aura qu'à vérifier... Non, monsieur, je ne suis pas le Hibou... Je veux simplement aider la justice. Et d'abord...

Robert repose le téléphone.

– Quelle bande de malappris. Ils vous raccrochent au nez. Mais toi, mon petit vieux, tu peux m'écouter. Alors, supposons... Tubœuf sait parfaitement nager. Il ne prend donc aucun risque en se jetant à l'eau derrière nous. Si nous n'intervenons pas, il s'en tirera tout seul. Mais si nous restons persuadés que nous lui avons sauvé la vie, il devient insoupçonnable aux yeux de tous. Il est une nouvelle victime du Hibou. Tu comprends ? Et tu permets ?

Robert ouvre le placard, fait la grimace.

– Une boîte de corned beef et un paquet de biscottes. Ça ira ?

– Oui, oui. Continue.

– Bah, ce soir on mangera mieux. Je ne vais pas lâcher mon idée pendant qu'elle est toute chaude.

Il ouvre adroitement la boîte de conserve et éventre le paquet de biscottes.

– Sers-toi et suis bien mon raisonnement. Si Tubœuf est le Hibou, toutes ces lettres anonymes c'est du bluff, de la poudre de perlimpinpin. En réalité, Tubœuf n'a frappé que deux fois. Corbineau et Augeran. Attends ! Ne m'interromps pas. C'est seulement après ces deux-là qu'il en avait. Et attention, il fallait qu'il les supprime tout de suite. Il était pressé.

– Et sa sœur ?

– Quoi, et sa sœur ? Ouais, tu as raison : et sa sœur ?

Robert emplit son verre à dents au robinet, boit un grand coup.

– Ça donne une sacrée soif, cette bidoche. Sa sœur ? Soyons logique. Elle est dans le coup. Dans quel coup ? Je l'ignore. L'assurance, peut-être. L'hôtel n'a pas souffert. Mais la partie détruite peut lui rapporter quelque argent. En tout cas, ça n'expliquerait pas le reste. Non, je croirais plutôt que Tubœuf était fâché avec elle et qu'il a profité de l'occasion.

– J'admets. Reste à expliquer Corbineau et Augeran.

– Hé, je le sais bien. Qu'est-ce que tu veux ! La vérité, ça ne s'épluche pas comme une cacahuète. Tant qu'on n'a pas tout expliqué, on n'a rien expliqué. Allons prendre l'air.

François l'attrape par le bras.

– Stop ! J'ai une idée, moi aussi. Le cimetière ! La famille Chazerat-Mazerolle.

– Vu ! s'écrie Robert qui a l'esprit prompt. Allons-y.

Chemin faisant, tandis que Robert laisse éteindre sa pipe, la rallume, la suçote, la rallume encore, François développe son idée :

– Si Augeran a été assommé là où on l'a trouvé, à qui allait-il porter ses fleurs, hein ? Au caveau de ces Auvergnats, les Chazerat, les Mazerolle, les Marjevol... Alors, moi, je pense qu'entre Augeran et Tubœuf, il y a un vieux compte à régler. Pareil pour Corbineau. Quelque très ancien différend familial. Pourquoi pas ? Si j'étais Cervin, je fouillerais dans le passé de ces gens-là. Attention, il y a du monde.

Le commissaire est revenu sur les lieux, tout seul, allant d'une tombe à l'autre, comme s'il vérifiait quelque chose. Il entend les cousins, se retourne.

– Mais vous êtes pire que la peste, dit-il.

Il semble, néanmoins, d'excellente humeur.

– Devinez ce que nous avons découvert ? ajoute-t-il. Quand je pense que la vérité était là, sous nos yeux, oui ! Car le frère et la sœur sont des Marjevol, par leur arrière-grand-mère. Venez voir.

Et il conduit ses deux compagnons de dalle funéraire en dalle funéraire, montre les noms gravés dans la pierre.

– Tout cela va être précisé, bien entendu. Mais

on voit déjà apparaître la solution du mystère. Vous ne tarderez pas à l'apprendre, car Lucie Pellegrini a choisi comme avocat maître Robion. Il vous racontera l'histoire mieux que moi.

– C'est Lucie Pellegrini qui a tout conçu, dit maître Robion. Tubœuf n'est qu'un pauvre imbécile. Mais elle, c'est une femme redoutable ! En deux mots, voici l'histoire : en 1860, un Marjevol émigra de Saint-Flour en Argentine. A l'époque, on était très pauvre dans le Cantal et souvent, les cadets s'expatriaient. Léon Marjevol s'engagea comme « vaquero » dans une exploitation grande comme un de nos départements. Il était travailleur et intelligent. Le voilà contremaître et, pour finir, il épouse sa patronne, devenue veuve. La suite, vous la devinez... Robert, vous pouvez fumer. Ça ne me dérange pas.

– Ouais ! s'écrie François. Compris. C'est une affaire d'héritage. Bon, bon. Je me tais.

– Tu ferais bien, dit maître Robion. Donc, notre Marjevol, qui est mort sans enfant, a laissé une énorme fortune aux Marjevol de Saint-Flour. Mais, entre-temps, ces Marjevol ont quitté le Cantal pour un climat moins rude et sont venus s'établir à Saint-Vincent. Là-dessus, il y a deux guerres, les déportations, la Résistance. Alors, pour démêler qui était le fils de qui, ou le neveu, ou la cousine, c'était un vrai casse-tête. L'homme de loi de Rio de Janeiro a chargé de l'enquête une agence parisienne spécialiste de ce genre de recherches et l'enquêteur, un certain Louis Chaigneau, a retrouvé les traces des Marjevol. Après pas mal de difficultés, il a établi que quatre héritiers restaient sur les rangs : Corbineau, Augeran et les deux Tubœuf. Tous ces détails, je les tiens de Chaigneau et de maître Valentin, le notaire de Saint-Vincent. Tout cela aurait pu se régler assez vite si deux circonstances imprévues n'avaient pas brouillé les cartes.

– Je vois, dit Robert.

– Non, plaisante maître Robion, tu ne vois rien du tout parce que c'est le hasard qui s'en est mêlé. Le pauvre notaire a été terrassé par une crise d'angine de poitrine et obligé de prendre du repos ; ce qui a tout arrêté. Les affaires d'héritage demandent toujours beaucoup de temps. Et puis, la malchance a voulu que Louis Chaigneau vienne prendre une chambre chez la sœur de Tubœuf, quand il a commencé ses recherches. Lucie Pellegrini, qui était intriguée par ce voyageur qui ne ressemblait pas à ses clients habituels, a profité d'une absence de Chaigneau pour ouvrir sa valise. C'est ainsi qu'elle a pris connaissance de documents qui lui ont ouvert les yeux.

– Elle a avoué ? questionne Robert.

– Oui. L'héritage est très gros.

– Combien ?

– Autour de quatre cents millions de dollars. C'est ce chiffre qui lui a fait perdre la tête. En supprimant les deux autres héritiers, son frère et elle se seraient trouvés beaucoup plus riches. Mais il ne fallait pas qu'ils en deviennent suspects pour autant. D'où la nécessité d'aiguiller la police sur une fausse piste. D'où la création du Hibou et de ses lettres anonymes, adressées à n'importe qui. D'où le soi-disant attentat contre Tubœuf, l'auto sabotée, d'où la bombe déposée dans la buanderie de l'hôtel.

– Mais pourquoi Tubœuf a-t-il choisi le plan Orsec pour assassiner Corbineau ?

– Il n'a pas choisi. Il a simplement profité de l'occasion. Corbineau était là, sans défense. Et Tubœuf avait déjà sur lui des lettres anonymes prêtes à servir. Par contre, il a raté son coup lorsqu'il a frappé Augeran dans le cimetière. En bref, Tubœuf n'a pas été à la hauteur. Il est naïvement tombé dans le piège que lui tendait Cervin en faisant courir le bruit qu'Augeran allait s'en tirer.

– Alors, demande Robert, qui, en définitive, va hériter ?

– L'État. Vous vous êtes donné beaucoup de peine, tous les deux, pour rien. Ça vous apprendra... Filez maintenant, j'ai du travail.

Une fois dehors, François saisit le bras de son cousin.

– Quand serons-nous grands et libres ? dit-il. Quand nous laissera-t-on la bride sur le cou ? Nous allions découvrir le mot de l'énigme. Et paf ! C'est papa qui rafle les mises.

– Eh oui, continue Robert d'un ton piteux. Les Sans Atout Brothers sont au chômage. Mais pourquoi n'écririons-nous pas cette histoire ?

– Chiche ! applaudit François.

DÉJÀ PARUS
DANS LA MÊME COLLECTION

Alain-Fournier	*Le grand Meaulnes*
Louisa May Alcott	*Les quatre filles du docteur March*
Hans Christian Andersen	*Contes merveilleux et fantastiques* (t. I)
	Contes de l'amour naissant (t. II)
	Contes des humbles et des pauvres (t. III)
	Les choses et les êtres parlent (t. IV)
Anonyme	*Le roman de Renart*
Marcel Aymé	*Enjambées*
	Les contes bleus du chat perché
	Le passe-muraille et autres nouvelles
James M. Barrie	*Peter Pan*
Henri Bosco	*L'enfant et la rivière*
	L'âne culotte
	Le renard dans l'île
Ray Bradbury	*Un coup de tonnerre*
	Chroniques martiennes
	Fahrenheit 451
Emily Brontë	*Les hauts de Hurlevent*
Edward Bulwer-Lytton	*Les derniers jours de Pompeï*
Italo Calvino	*Le baron perché*
Albert Camus	*L'Étranger*
Lewis Carrol	*Alice au pays des merveilles*
Blaise Cendrars	*L'or*
Agatha Christie	*Dix petits nègres*
Albert Cohen	*Le livre de ma mère*
Colette	*Dialogues de bêtes*
Collodi	*Pinocchio*
Conan Doyle	*Le chien des Baskerville*
	Le monde perdu
Joseph Conrad	*Typhon*
	Lord Jim

James Fenimore Cooper	*Le dernier des Mohicans*
Roald Dahl	*Sacrées sorcières*
	Le Bon Gros Géant
	Moi, Boy
	Escadrille 80
	Matilda
	Charlie et la chocolaterie
	James et la grosse pêche
Alphonse Daudet	*Lettres de mon moulin*
	Le petit Chose
Daniel Defoe	*Robinson Crusoé*
André Dhôtel	*Le pays où l'on n'arrive jamais*
	L'île de la Croix d'Or
Charles Dickens	*Les aventures d'Olivier Twist*
	David Copperfield (t. I et II)
Alexandre Dumas	*Les trois mousquetaires*
Claire Etcherelli	*Élise ou la vraie vie*
Anne Frank	*Le journal d'Anne Frank*
Roger Frison-Roche	*Premier de cordée*
	La grande crevasse
Nadine Garrel	*Au pays du grand condor*
Théophile Gautier	*Le capitaine Fracasse*
André Gide	*La symphonie pastorale*
Jean Giono	*Jean le Bleu*
William Golding	*Sa Majesté des Mouches*
Kenneth Grahame	*Le vent dans les saules*
Julien Green	*Moïra*
Ernest Hemingway	*Le vieil homme et la mer*
Homère	*L'Odyssée*
	L'Iliade
Victor Hugo	*Notre-Dame de Paris*
	L'homme qui rit
Jerome K. Jerome	*Trois hommes dans un bateau*
Erich Kästner	*Le petit homme*
Joseph Kessel	*Les cavaliers*
	Le lion
	Le petit âne blanc
	Fortune carrée
Rudyard Kipling	*Le livre de la jungle*
	Le second livre de la jungle
	Kim
	Capitaines courageux

Janusz Korczak	*Le roi Mathias 1er*
Selma Lagerlöf	*Le merveilleux voyage de Nils Holgersson à travers la Suède*
Maurice Leblanc	*L'aiguille creuse*
	Le bouchon de cristal
Gaston Leroux	*Le mystère de la chambre jaune*
	Le parfum de la dame en noir
	Le fauteuil hanté
Eugène Leroy	*Jacquou le Croquant*
Richard Llewellyn	*Qu'elle était verte ma vallée*
Jack London	*L'appel de la forêt*
	Le fils du loup
	Le loup des mers
Pierre Loti	*Pêcheur d'Islande*
Pierre Mac Orlan	*L'ancre de miséricorde*
Herman Melville	*Moby Dick*
Robert Merle	*Un animal doué de raison*
Margaret Mitchell	*Autant en emporte le vent (t. I et II)*
Robert Murphy	*L'étang sauvage*
Mary O'Hara	*Mon amie Flicka*
	Le fils de Flicka
	L'herbe verte du Wyoming
George Orwell	*La ferme des animaux*
	1984
Marcel Pagnol	*La gloire de mon père*
	Le château de ma mère
	Le temps des secrets
Louis Pergaud	*La guerre des boutons*
Allan Edgar Poe	*Histoires extraordinaires*
Henri Pourrat	*La queue du diable*
Raymond Queneau	*Zazie dans le métro*
Jules Renard	*Poil de carotte*
Jean-Louis Rieupeyrout	*L'oiseau Tonnerre*
	Shérifs et hors-la-loi
Jules Romains	*Knock ou le triomphe de la médecine*
J.-H. Rosny-Aîné	*La mort de la terre*
Edmond Rostand	*Cyrano de bergerac*
Claude Roy	*Enfantasques*
	Nouvelles enfantasques
Antoine de Saint-Exupéry	*Vol de nuit*
	Terre des hommes
Henry Sienkiewicz	*Quo Vadis ?*
John Steinbeck	*La perle*
	Les Raisins de la colère

Robert Louis Stevenson	*L'île au trésor*
	L'étrange cas du Docteur Jekyll et de Monsieur Hyde
	Le maître de Ballantrae
Jules Supervielle	*L'enfant de la haute mer*
Jonathan Swift	*Voyages de Gulliver*
Haroun Tazieff	*Cratères en feu*
Lionel Terray	*Les conquérants de l'inutile (t. I et II)*
J. R. R. Tolkien	*Le seigneur des anneaux (t. I, II et III)*
Tourgueniev	*Premier amour*
Michel Tournier	*Vendredi ou la vie sauvage*
Mark Twain	*Les aventures de Tom Sawyer*
	Huckleberry Finn
	Le prince et le pauvre
Fred Uhlman	*L'ami retrouvé*
Alfred E. Van Vogt	*À la poursuite des Slans*
Jules Verne	*Le tour du monde en 80 jours*
	20 000 lieues sous les mers (t. I et II)
Boris Vian	*L'écume des jours*
H. G. Wells	*La machine à explorer le temps*
	La guerre des mondes
	L'homme invisible
	L'île du docteur Moreau
Oscar Wilde	*Le portrait de Dorian Gray*
Richard Wright	*Black Boy*

Composition et Impression
Imprimerie Hérissey à Évreux
le 26 octobre 1989
Dépôt légal : octobre 1989
N° d'imprimeur : 48875
ISBN 2-07-050209-0 / Imprimé en France

47773